I0828962

Kastély-krimi kötőjellel

"Kastély-krimi kötőjellel" ("Castle-Crime with a Hyphen")

© Máté-Király Márta 2026

Megjelent a Duna Books LLC kiadó gondozásában

Felelős kiadó: Hellman B. Andrea, a Duna Books LLC kiadóvezetője

Felelős szerkesztő: Hellman B. Andrea

Borítóterv és grafika: Hellman B. Andrea

Szöveggondozás és tipográfia: Hellman B. Andrea

Elérhetőség: Submissions@DunaBooks.com

A szerző honlapja: www.villamkrimi.hu

All rights reserved. No part of this publication may be reproduced, distributed, or transmitted in any form or by any means without the prior written permission of the copyright holder, except in the case of brief quotations embodied in critical reviews and certain other noncommercial uses permitted by copyright law.

ISBN 978-1-970934-04-5 (paperback)

ISBN 978-1-970934-05-2 (ebook)

Készült az Amerikai Egyesült Államokban

Kastély-krimi kötőjellel

Máté-Király Márta

1

Gumikesztyűt húzott, mielőtt kinyitotta az ajtót. Kulcsa volt a rendelőhöz, a kamerákat korábban már kiiktatta.

Az utcán senki sem járt, a környék egyetlen magánklinikájának kapualjában félhomály uralkodott. A köztéri lámpák fénye nem ért el a beugróig, mégis rutinosan találta meg a zárat, és nyomta le a kilincset, mint aki otthon van.

Éjfél elmúlt. Tudta, hogy nem fog senkivel találkozni az épületben.

A villanyt nem kapcsolta fel, nem akart kellemetlen kérdéseket. Másnap egy kíváncsi szomszéd könnyen megkérdezhetné az orvost vagy az asszisztenst, ki járt itt késő éjjel, és miért. Inkább a telefonját használta fényforrásként.

Minden mozdulata határozott és célirányos volt. Hónapok óta készült erre, pontosan tudta, milyen gyógyszert szed az a szemét, aki tönkretette a családja életét.

Könnyű lesz beadni a halálos mérget az orvosság helyett, és az egész balesetnek fog tűnni.

Az apró részleteknek mind utánanézett. A legújabb dizájner drog, a Calvenium mellett döntött: két milligramm is végzetes egy felnőtt számára, egy rizsszemnyi mennyiség, ráadásul nem hat azonnal, így az alibijét is könnyen igazolhatja majd.

A szert egy kétes kapcsolatokkal rendelkező ismerőstől szerezte.

A gyógyszeres szekrényből kivett egy kapszulákkal teli üvegcsét, leült az asztalhoz, és úgy támasztotta meg a mobilját, hogy mindkét keze szabaddá váljon.

Felnyitotta az üvegcsét, majd gyengéden megrázta, mint egy cukorkás dobozt. Egy nagy méretű, piros-fehér kapszula hullott a tenyerébe.

Kettészedte, a tartalmát egy zsebéből előhúzott, jól zárható zacskóba szórta, majd a helyére a por állagú mérget töltötte. A keze egy pillanatig sem remegett.

Óvatosan összepattintotta a kapszulát, és a telefon elemlámpájának fényében alaposan megvizsgálta. Elégedetten állapította meg: tökéletes, mint egy frissen gyártott.

A biztonság kedvéért készített még egyet. Ez már sokkal gyorsabban ment.

Újra kézbe vette a mobilt, és a fénycsóvával végigpásztázta az asztalt, megbizonyosodva arról, hogy egyetlen porszemnyi nyom sem maradt utána.

Felállt, a gyógyszertárolóhoz lépett, és még egyszer átvilágította az üvegcsét, mielőtt visszatette a helyére. Szabad szemmel nem látszott, hogy két kapszula hiányzik, bár ha nyomozásra kerülne sor, ez könnyen kiderülne.

De nem lesz itt semmiféle vizsgálat — állapította meg, és elvigyorodott. A szemében kegyetlen villanás jelent meg.

***

POMÁZON HALLOTTAM — Zárt csoport, 6215 tag

Bagdi Tibor

Sziasztok! Tudja valaki, mi történt a kastélyban? Tele van rendőrautóval a parkoló és a kapuig lehet csak menni.

11 hozzászólás, 1 megosztás

Gergely Ágnes

Én is belefutottam. Szerintem még a szentendrei rendőrök is mind oda lettek vezényelve. Állítólag gyilkosság.

Név nélküli tag

nem mindegy???? mit érdekel az téged???? foglalkozz a magad dógával!!!

Zsuzsa Szili

Név nélkül ilyen bunkón hozzászólni, az igen!

Bagdi Tibor

@Zsuzsa Szili ne is foglalkozz vele, szóra sem érdemes.

Erzsébet Székely

Pomázon ennyi zsarut még életemben nem láttam egy helyen. Máskor is járőrözhetnének, nem csak akkor, ha a kastélyba kell menni.

Név nélküli tag

@Zsuzsa Szili hozzád meg ki szólt?

Zsuzsa Szili

Admin hol vagy? Tiltást kérnénk!

Timi Horváth

Egyik ismerősöm a recepciós srác szomszédja. Ő mondta, hogy gyilkosság történt.

Jakab Kálmán

Igen, én is ezt hallottam..

Név nélküli tag

mer már rögtön tömegmészárlás nem? haggyukmá...

Tóth Béláné

NEM TUDOM MI TÖRTÉNHETETT DE BIZTOSAN VALAMI NAGYON NAGY BAJ MERT AZ URAM IS MONDTA HOGY ENNYI RENDŐRAUTÓ NEM LENNE ITT FELESLEGESEN MARIKA IS MONDTA HOGY VALAMI GYILKOSSÁG TÖRTÉNT NEM VOLT ILYEN POMÁZON MÁR ÉVTIZEDEK ÓTA ÉN MÁR CSAK TUDOM ITT ÉLEK NEGYVEN ÉVE

***

Pomázi Polgár XXXIV. évfolyam 5. szám

Bűnügyi rovat

Gyilkosság rázta meg az írótábort a Teleki-Wattay Kastélyban

Pomáz történelmi épületében sötét titkokra derült fény egy irodalmi hétvége alatt

Városunk első számú helyi hírmondó újságja, a Pomázi Polgár tudósítója a helyszínen járt.

Csendes, kreatív munkában bővelkedő napokra számítottak azok a résztvevők, akik május első hétvégéjén az írótáborra érkeztek. A festői környezetben megrendezett találkozót hamarosan rémálommá változtatta a tragikus esemény: gyilkosság történt. Az áldozat személyazonosságáról jelen pillanatban nincsenek információink. Ezzel kapcsolatban teljes hírzárlatot rendeltek el. A rendőrség vizsgálatot indított, az épületet és az azt övező parkot ideiglenesen lezárták. A kastély munkatársait és az írótábor valamennyi jelenlévőjét kikérdezték. A nyomozóhatóság kérte a sajtó munkatársait, ne zavarják a folyamatban lévő munkát. Az üzemeltető, a Pomázi Zenekastély Nonprofit Kft. közleményt adott ki, amelyben részvétét fejezte ki az áldozat családjának, és együttműködéséről biztosította a hatóságokat. A koncerteket és egyéb tervezett programokat bizonytalan időre elhalasztották.

A Pomázi Polgár szerkesztősége továbbra is figyelemmel kíséri az eseményeket, és beszámol a fejleményekről.

Szerző: Puskás Emma

Fotó: Miszlicki Tamás

***

Milla és Róza az írószerboltban nézelődtek. Az alacsonyabb, barna hajú, sportosan öltözött lány, Róza, unottan sétálgatott a polcok között, szinte félpercenként ellenőrizve az időt a telefonján. A magas, szőke, bohókás öltözetű Milla ellenben ráérősen vizsgálgatta a füzeteket. Már legalább a huszadik csatos noteszt vette le a polcról: belelapozott, majd megszagolta.

— Belülről teljesen egyformák. Miért húzod ezzel az időt? El fogunk késni! — fakadt ki Róza.

Milla ránézett a telefon kijelzőjére, majd hanyagul legyintett.

— Még van fél óránk — válaszolta végtelen nyugalommal.

— Egyébként sem egyformák. Az egyik vonalas, a másik pontrácsos, a harmadik sima.

— Ismerem az irodaszerek iránti kóros szenvedélyedet — bosszankodott tovább Róza. — Ennek legsúlyosabb tünete a füzetfüggőséged. Hány sorakozik már a polcodon? Legalább száz?

— Mégis folyamatosan vadászom az újabbakra. Nem érdekelnek az átlagos, olcsó, tűzött példányok — ismerte be Milla. — Nekem a legdrágább, keményfedeles, különleges kiadások kellenek.

— Már megvetted a hétvégére a füzetet — sóhajtott Róza.

A két harmincas lány egy háromnapos írótáborba igyekezett.

— Azt a foglalkozásokon fogom használni — válaszolta Milla. — Kell egy olyan is, amibe az egyéb információkat írom a leendő regényemhez.

— Tudom, a jegyzetelési mániád. De Zoé kérte, hogy legalább fél órával a köszöntő előtt érkezzünk meg — türelmetlenkedett Róza. — Még le is kell cuccolnunk.

Az idei tábort a pomázi Teleki-Wattay Kastélyban rendezték. Milla és Róza a XVII. kerületből autóztak át a városon, hogy részt vegyenek a találkozón. Sikerült elkerülniük a dugót, ám a megnyert időt — úgy tűnt — elveszítik az egyik útba eső budakalászi papír-írószer boltban.

Milla végre döntött. Egy „Drakula" feliratot viselő, meglehetősen drága naplóra esett a választása.

— Ugye, milyen gyönyörű? — mutatta büszkén a

barátnőjének. – Vörös foltok vannak rajta, lehetne vér.

– Stílusos – értett egyet Róza. – Remélem, ebbe horrorisztikus jeleneteket fogsz írni.

Milla felnevetett, és az írószerek felé vette az irányt.

– Nyilvánvaló! Toll nélkül be se tegyük a lábunkat egy írótáborba – ironizált Róza. – Van nálad legalább nyolc.

– De egyik sem radírozható – tiltakozott Milla. – Ilyen szép füzetbe kizárólag olyannal szabad írni, ami el tudja tüntetni az elrontott jegyzeteimet. Jut eszembe, kell még washi-tape is, ami a scrapbookozáshoz nélkülözhetetlen.

– Természetesen, ez mind elengedhetetlenül szükséges, bármit is jelentsenek ezek a szavak – motyogta Róza.

– A washi-tape tulajdonképpen matricát jelent. Tekercsekben árulják, mint a ragasztószalagot. A scrapbook kifejezést minden bizonnyal hallottad már. Nem tudom pontosan lefordítani. Olyasmi, amikor az emlékeidet gyűjtöd össze. Például mit csinálsz a repülőjeggyel, ha sajnálod kidobni?

– Elégetem? – tippelt Róza, de Milla nem figyelt az iróniára, túlságosan belelendült a magyarázásba.

– Albumba ragasztod, az út során készült fotókkal együtt. Öreg korodban mutogatod az unokáidnak. Ez a scrapbookozás lényege.

Róza nem akart többet kötekedni, de valami még furdalta az oldalát.

– Mi köze ennek az írótáborhoz?

– A drakulás füzet a leendő regényemhez lesz. Ha a táborban találok valami érdekeset, beleírom vagy beragasztom.

A matricák egyszerűen szebbé teszik a lapokat. Két legyet, vagyis két hobbit egy csapásra: a krimiírás és a scrapbookozás egyesítése – lelkesedett Milla.

– Hiába is tiltakoznék. A boltból addig nem távozol, amíg nincs a birtokodban egy méregdrága füzet, néhány száz matrica és legalább négy különböző színű radírozható toll – bólintott megadóan Róza.

Vészesen közel volt a program kezdő időpontja, mire visszaültek az autóba, és ismét Pomáz felé tartottak. Szerencsére kevesebb mint tíz percnyi utazás várt rájuk. A HÉV töltés mellett futó útról egyszer csak beértek a patinás szépségű házakkal övezett, kanyargós utcácskákba. Mivel még egyikőjük sem járt a kastélyban, a mobiltelefon navigációját használták, hogy eligazodjanak az egyirányú utcák labirintusában.

– A GPS szerint itt vagyunk, de én csak ezt a templomot látom. Egyébként csodaszép – nézett fel Róza a telefonjából.

A barokk épület magasba nyúló tornyával és a bejárattal szembeni lenyűgöző Krisztus-feszülettel egy terméskővel kirakott emelkedőn uralta a teret.

– Talán a másik oldalon? – húzódott le Milla az út szélére. A mögötte érkező autósok azonnal rázendítettek a dudálásra.

– Jól van már, nyugi! – morogta, és bekanyarodott.

Az út egy tárva-nyitva álló kapun át folytatódott.

– Ott a tábla, jó helyen járunk! – mutatta Róza.

– Ide bárki behajthat? – csodálkozott Milla.

A kastélykapun belül az út kettéágazott. Balra emelkedő vezetett, jobbra parkoló nyílt. Milla arra kanyarodott. Bőven volt hely, így az árnyékosabb részen állt meg, bár május elején még nem volt hőség. Kellemes, napos idő ígérkezett.

Milla kiszállt, és már fotózott is. A parkoló fölé hatalmas lépcsősor magasodott, amely a kastélyhoz vezetett. Róza is kiszállt, mélyet szippantott a levegőből.

— Mi virágzik ilyenkor? — kérdezte Milla.

— Most az orgonát érzem — mutatott Róza az illatozó bokrok felé.

— Jó, ezt azért én is felismerem — motyogta Milla, kissé sértődötten.

Ebben a pillanatban egy fényesre polírozott, világoskék Fiat gördült be, és megállt Milla kopott, fakópiros autója mellett. Egy csodaszép huszonéves lány szállt ki belőle: hosszú barna haj, szoláriumozott bőr, feszes rózsaszín top és csípőre simuló farmer.

Szemét vastag smink és sűrű műszempilla keretezte.

Kinyújtott kézzel maga elé tartotta a telefonját, körbepásztázta a parkolót és a lépcsősort, közben folyamatosan beszélt. Amikor észrevette Milláékat, leengedte a telefont.

— Elnézést, nem akartam, hogy benne legyetek a videómban — mondta. — A követőim várják a posztot. Vivi N. vagyok. Az N a vezetéknevem, a Németh kezdőbetűje. Szóval nem Vivien, ahogy sokan félreértik, hanem Vivi. Nagy N-nel. De mindegy, a követőim tudják. Ti hívjatok csak Vivinek. A táborra jöttetek?

Róza és Milla kezet nyújtottak.

— Hollósi Kamilla, pontosabban Milla. Civilben HR-es

vagyok. Amatőr író, de ha befutok, Camilla Crowley néven keress majd.

Róza döbbenten nézett rá.

– Mióta van írói álneved?

– Most találtam ki – kuncogott Milla.

Vivi tapsikolni kezdett.

– Ez zseniális! Nekem is kell egy írói álnév! – lelkesedett. – Bár előbb talán írnom kéne egy könyvet.

Kicsit lecsillapodva Róza felé fordult.

– Szente Róza vagyok. Milla rángatott magával ebbe a táborba – mondta.

Igyekezett nem reagálni Milla rosszalló horkantására.

– Úgy értem, nekem is jól jön egy kis kikapcsolódás. Írni kevés időm van, olvasni viszont annál inkább szeretek. Egyébként bankban dolgozom.

A pénzügy világa nem kötötte le Vivit, hamar másra terelte a szót. Türelmetlen toporgása és csillogó pillantása elárulta, hogy inkább a közösségi tartalomgyártás felé kanyarodna vissza. Megkérdezte, zavarja-e őket, ha élőzni kezd.

– Semmi gond, megyünk a másik irányba – mondta kedvesen Róza.

Kivették a gurulós bőröndöket a csomagtartóból, és elindultak a lépcső felé. Mögöttük Vivi is pakolni kezdett. Milla odahajolt Rózához:

– Szerinted világoskék vagy rózsaszín a táskája? A bugyikék jobban illene az autójához, a rózsaszín meg a „barbibabás" kinézetéhez.

– Ne gonoszkodj – szólt rá Róza, hátra sem nézve.

Egyébként egyik tipp sem jött be: Vivi csomagja fekete volt.

Milla és Róza küszködve vonszolták a bőröndjeiket a lyukacsos térköveken, a háromnapos tábor minden szükséges holmijával. Plusz az írószerekkel, amelyek Millánál külön vászontáskát foglaltak el.

A parkolóból lépcsők vezettek fel a hegyoldalba épült kastélyhoz, két szintre tagolva. Az első pihenőnél kaviccsal körbeszórt szökőkút fogadta őket. Balra a Wattay-kopjafa magasodott, nevekkel és évszámokkal borítva. A támfal sarkaiban toronyszerű építmények álltak, némán, kissé elhagyatottan. A bal oldali bástya alsó részén vasajtó sötétlett, rajta rozsdás, láncra akasztott lakat.

Milla végigmérte.

– Ide lehetne rejteni egy hullát.

– Sikerült elrontanod a hangulatot – mordult rá Róza. – Már épp kezdtem hercegnőnek érezni magam.

– Egy krimiírótól mi mást vársz? – nevetett Milla.

– Mellesleg a kastély egész területe be van kamerázva – tette hozzá Róza. – Nem rejtenél el itt semmilyen holttestet.

Milla nem válaszolt. Elfogyott a levegője.

Nekivágott a középső, meredekebb lépcsősornak. Nem lett volna különösebben megerőltető, ha kevesebb holmit hoz... vagy nem hagy ki néhány zumbaedzést az utóbbi időben.

Amikor felért, szó szerint elállt a lélegzete. Az épület

látványa lenyűgözte. Az interneten már megnézte, mégsem találta a szavakat.

– Élőben még gyönyörűbb! – fakadt ki végül.

– Olyan, mint egy időutazás – szólalt meg mellette egy fiú.

Milla oldalra nézett. Nem tudta, mióta áll ott. Visszanézett a lépcsőre: Róza még nem ért fel, fényképezett.

– Bocsánat, nem akartam megzavarni az áhitatot – mondta a srác. – Gondolom, az írótáborra érkezett.

Milla ránézett a kék szemű fiúra. Hosszú haját kontyban hordta, mégis kifejezetten férfias volt. Húsz évesnél aligha több.

Anyám pont ilyet képzelt nekem – futott át Milla fején. A lányos anyák álma.

A fiú még mindig várta a választ.

– Milla vagyok. Tegeződjünk, kollégák között így szokás – mondta nevetve, és kezet nyújtott.

– Hogyan? – kérdezett vissza a fiú, majd ő is elmosolyodott. – Kovács Bálint.

Közben Róza is felért.

– Azonos a szakmánk – mondta Milla. – Mindannyian írók vagyunk, vagy azok leszünk.

Vivi, aki addig a murván videózott, észrevette a fiút. Azonnal odalibbent.

– Segítenél beállítani a telómon a fényeket?

Bálint bocsánatkérő mosollyal lépett el a barátnők mellől.

Milla és Róza nem bánta. Inkább fotózni kezdtek: a kastélyt, a kertet, a panorámát, amely a tiszta időben teljes pompájában tárult fel.

A felújított kastély vörös cserepes tetőterében kapott helyet a panzió. Az épület halványsárga volt, az árkádokat fehér boltíves oszlopsor tagolta. A díszes kovácsoltvas korláttal szegélyezett teraszra újabb lépcső vezetett. Két oldalt sötétzöld Zsolnay kaspókban virágok — Róza kedvencei.

Legalább ötven fotót készített róluk.

— Ez melyik címer? — kérdezte Milla, a homlokzatot nézve. — Teleki vagy Wattay?

— Egyáltalán melyiknek kellene itt lennie? — kérdezett vissza Róza.

Az árkádok alól kilépett egy harminc körüli, energikus nő. Csinos blúz, farmer, tűsarkú. Kerényi Zoé, a tábor szervezője.

— Üdvözlet a messziről érkezőknek! — köszöntötte őket. — Van bejárat a másik oldalon is. Ott van a Teleki-címer.

Milla és Róza még nézelődtek volna, de Zoé sürgette őket.

— Nemsokára kezdünk. Pakoljatok le.

A főbejárat felé mutatott, majd hozzátette:

— Egyébként ti vagytok az egyetlenek, akiket a címer érdekelt. A többiek a minibárt keresték.

A barátnők beléptek a hűvös, árkádos teraszra. Kényelmes székek, asztalok — pihenésre csábító minden.

Az egyik oszlopnál az íróiskola molinója lengedezett: a kastély ezen a hétvégén az amatőr íróké.

— Miénk a vár! Pontosabban a kastély — örvendezett Milla.

— Szemben a recepció, jelentkezzetek be — mondta Zoé. — Jobbra a Wattay Szalon. Tizenegykor kezdünk.

***

A sötétkék-arany mintás, vaskos szőnyegen sétálva egy tágas előtérbe jutottak, amely elegánsan ódon, mégis modern, meghitt hangulatot sugárzott. A kristálycsillár és a régies stílusú, süppedős fotelek remekül megfértek a fiatalos, bárszékekkel övezett pulttal. A falat fehér, háromdimenziós hullámmintázat díszítette.

Milla és Róza a recepcióhoz léptek, ahol egy magas fiú köszöntötte őket. A galléros pólóra tűzött névtábla szerint Ádámnak hívták. Miután elvégezte a szükséges adminisztrációt, átnyújtotta Millának a 113-as, Rózának a 114-es szoba kulcsát. Kamillának tetszett, hogy itt nem a modern, kártyás rendszerrel nyíltak az ajtók. A patinás kastélyhoz jobban illett a hagyományos, díszes kulcs.

– Parancsolnak egy frissítő italt? – kérdezte Ádám.

– Ezek szerint nincs minibár? – kérdezte Róza.

Ő lehetett a sokadik aznap, aki ezt tudakolta, Ádám mégis rezzenéstelen arccal válaszolt.

– Sajnos azzal nem szolgálhatunk. Recepciónk azonban éjjel-nappal nyitva áll vendégeink számára. Kínálatunkban szerepel kávé, üdítő, alkohol, melegszendvics, sós mogyoró, pisztácia, chips – sorolta a lehetőségeket.

Róza kérdőn nézett a barátnőjére, de Milla úgy döntött, egyelőre nem kér semmit.

– Felmegyek a szobámba, te csak kávézz nyugodtan.

Róza rendelt egy cappuccinót, majd körülnézett, hol

telepedhetne le. Az egyik fotelben egy ötvenes, sovány, dülledt szemű nő üldögélt, szintén kávéscsészét szorongatva. Kevéske, vállig érő haja összevissza göndörödött. Róza bemutatkozott, és megkérdezte, leülhet-e a mellette lévő fotelbe. A nő szomorkás mosollyal bólintott.

— Era vagyok — nyújtotta a kezét, félig felemelkedve a fotelben.

A mozdulattal kis híján a másik ölébe öntötte a kávét, így inkább sietve visszaült.

— Korán érkeztél? — kezdeményezte a beszélgetést Róza.

— Első voltam — válaszolta a nő tömören.

Róza próbálkozott még néhány kérdéssel, de hasonlóan szűkszavú válaszokat kapott. Era semmit sem kérdezett. Egy idő után Róza feladta, és csendben szürcsölgette az italát.

Egyszer csak belépett a főbejáraton egy nő. A negyvenes évei közepén járhatott, mégis hasonlóan volt öltözve, mint a huszonéves Vivi. Hidrogénszőke haja a válláig ért, és rendkívül sok smink fedte az arcát. Úgy vonult végig a folyosón mint a cannes-i filmfesztivál díjazottja. A fotelben ülőkre ügyet sem vetett.

Amikor eltűnt a fordulóban, Era megszólalt.

— Korunk egyik legnagyszerűbb írónője, Sebes Flóra, művésznevén Fiorella — áradozott. — Minden könyvét olvastam. Lassan két évtizede van a pályán, és azóta a sikerlisták élén áll. Minden évben csupán egyetlen kötetet hajlandó kiadni. Az az elmélete, hogy így tudja tartani a minőséget. Olvastad a műveit? Szívből ajánlom! Ha rám hallgatsz, mindet elolvasod. Az *Ott, ahol megáll az idő*-vel kezdd. De tulajdonképpen a *Szerelem a könyvespolc mögött*-tel is indíthatsz. Nekem a kedvencem a *Csók a csend után*. Nem, ez így nem igaz. Nincs kedvencem, mindet imádom. Nála szebben senki nem tud írni a szerelemről. Ez a nő egy zseni.

Róza magában megállapította, hogy Eráról nem gondolta volna, mennyit tud egy szuszra beszélni. Miután megígérte, hogy mindenképpen elolvas egy Fiorella-könyvet, visszatette a pultra a kávéscsészéjét, és elindult a szobák felé.

A liftnél találkozott Millával, aki egyszerre érkezett egy viszonylag alacsony, kopaszodó férfival. A férfi kisugárzása magas fokú intelligenciáról árulkodott. Róza úgy tippelte, professzor lehet egy egyetemen vagy egy kórházban. Nem sejtette, mekkorát téved.

A férfit Nándornak hívták, és később kiderült róla, hogy merőben más foglalkozást űz.

***

Tizenegy órakor a Wattay Szalon kétszárnyú ajtajában Zoé fogadta az írótábor résztvevőit. A helyiségben már bent volt a két meghívott vendég: neves írók, akik a tervek szerinti műhelymunkát vezették. Az egyik Fiorella volt, akiről Era jóvoltából már Róza is tudott mindent. A másik egy testes, pöffeszkedő férfi, Hudák Szilveszter, a híres történelmiregény-író.

– Gyertek beljebb, bátran! – invitálta Zoé Rózát és Millát, akik a tanoncok közül elsőként érkeztek.

Fiorella és Szilveszter a kör alakban lerakott székek bejárat felőli oldalán ültek. Bár közvetlenül egymás mellett voltak, nem beszélgettek. A nő a telefonját nyomogatta, a férfi az ölében tartott mappát tanulmányozta.

– Ezek mennyire utálják egymást – súgta Milla a barátnője fülébe.

Róza válasza egy szigorú pillantás és a szája elé tartott mutatóujj volt.

A szalont Milla egyetlen szóval tudta volna jellemezni: puha. Legszívesebben végigsimított volna a virágmintás selyemtapétán és a lágyan leomló függönyökön. Ámulattal nézte a színek, a berendezés és a bútorok harmóniáját. A kinti napsütés fénye megcsillant a kovácsoltvas falikarokon és a tölcsér alakú lámpabúrákon, meghittséggel töltve meg a teret.

A lány nem bírt nyugodtan ülve várakozni, előkapta a telefonját, és buzgón fényképezni kezdett. Róza az ablakhoz lépett, és a terasz párkányán sorakozó virágokban gyönyörködött.

– Lehetnénk grófkisasszonyok– mondta. – Nézd ezt a kandallót! Mit szólsz a zongorához? Úgy érzem, mindjárt belép a lakáj egy tálca süteménnyel.

Erre a végszóra érkezett Ádám egy pincérlánnyal. A fiú ásványvizes palackokat hozott, a lány poharakkal teli tálcát egyensúlyozva lépett a fal melletti tálalóhoz. Rendezgetni kezdték a frissítőket.

Utánuk Vivi jött. Léptei zaját elnyelte a bordó-arany színű, süppedős szőnyeg. Telefonjával folyamatosan élőzve huppant le az egyik székre. Közvetlenül utána Bálint érkezett, udvarias mosollyal köszönt mindenkinek, majd leült az influenszer mellé.

Szinte egyszerre toppant be Era és Nándor. Róza visszaült a helyére, és beszélgetni kezdett a mellé telepedő Erával. Milla átváltott fotózásról videózásra, és körbepásztázta a jelenlévőket, igyekezve ezt feltűnés nélkül tenni.

Az írótábor résztvevői közül már csak egyvalaki hiányzott: Vass Pál, akit később szimplán csak „Tanár"-ként emlegettek. Néhány perc késéssel ő is megérkezett. Ahogy belépett, hangosan köszönt, mint egy igazi pedagógus. Kihúzta magát, majd várakozott. Valószínűleg arra számított, hogy a többiek is vigyázzba állnak, ám végül rájött, hogy ez nem az iskolai osztálya. A régi beidegződések nehezen múlnak.

Körbenézett, szabad széket keresve, majd hirtelen lemerevedett. Úgy nézett, mint aki kísértetet lát.

Ez senkinek nem tűnt fel, Millát kivéve. Ő azonban épp a telefonja kijelzőjén közelített rá, így mire felnézett, hogy kinek a látványa válthatta ki ezt a reakciót, már elkésett. A Tanár arca ismét a tekintélyt parancsoló, nyugalmazott pedagógus kifejezést tükrözte. Közben ki is lépett a kamera látóteréből, és leült Nándor mellé.

Ádám és a pincérlány ekkor végeztek a tálalással, és szinte észrevétlenül kisurrantak.

— Nagyszerű, együtt a csapat! — csapta össze a kezét Zoé. — Szeretettel üdvözlök mindenkit a Penna Íróiskola táborában, bár én jobban szeretem a „kreatív elvonulás” megnevezést.

A hallgatóság figyelme azonnal rá irányult.

– A legfontosabb célunk erre a három napra: inspirációgyűjtés, csoportfeladatok és legfőképpen írás! Kerényi Zoé vagyok, ha valaki nem ismerne. Két fő segítőm a programok lebonyolításában Sebes Flóra és Hudák Szilveszter.

– Bár őket nem kell bemutatnom – folytatta –, hiszen mindenki tudja, hogy Fiorella az ország jelenleg leghíresebb bestseller írónője, aki romantikus regényeivel immár húsz éve vezeti a sikerlistákat.

Flóra kissé felháborodva nézett Zoéra. Nem lehetett tudni, pontosan melyik rész nem tetszett neki, de a hiúságát ismerve valószínűleg a húsz éven akadt fenn.

– Szilveszter korunk legkiválóbb történelmiregény-írója – folytatta Zoé. – Fiorellával közösen vezetik a műhelymunkát a következő három nap során. Emellett készülünk még interaktív feladatokkal és sok más meglepetéssel.

A hallgatóság tagjai izgatottan néztek körbe, fészkelődni kezdtek.

– A helyszín önmagában alkotásra ösztönző – mondta Zoé. – Remélem, minél több ihletet nyerünk. Az ókori kilenc múzsából legalább hetet várunk körünkbe.

Pontosan ennyien voltak az írótanoncok, akik mosolyogva fogadták a szavait. Szilveszter volt az egyetlen, aki tudálékosan közbeszólt.

– Ha már említettük a kilenc múzsát, fontos lenne részletesebben elmondani, kik voltak ők.

Zoé viccesen meghajolva átadta a szót az írónak.

– Elnevezésük a görög „hegy" szóból ered. Ők voltak a mítoszok megtestesítői: a költészet, a zene, a tánc és a tudományok istennői, az emlékezés és az improvizáció ihletői. Kalliopé az epikus költészet, a filozófia és a tudományok patrónusa. Terpszikhoré a tánc, Thália a színház, Melpomené a dráma istennője. Polühümnia nevéből könnyű kitalálni, hogy a himnikus költészetért felelős. Euterpé a lírai verselés és a zene védelmezője. A szerelmi költészetből Eratót mindenki ismeri. Kleió feladatköre a történetírás. Uránia a csillagászat és az asztrológia múzsája.

Amikor Szilveszter befejezte a felsorolást, a táborvezető folytatta a bevezetőt.

– Mindannyian az írás miatt vagyunk itt. Ez egy olyan hivatás, amit életünk végéig csiszolgatunk. Soha nem mondhatjuk azt, hogy mindent tudunk. Még a legöregebb rókák is pallérozzák az elméjüket. Senki ne érezze magát hátrányban, ha esetleg nemrég kezdett írni. Mindannyian más-más szinten vagyunk, különböző műfajokban alkotunk. Ezen a hétvégén nincs jó vagy rossz válasz. Az irodalom egyébként is szubjektív. Szerencsére nem vagyunk egyformák. Kívánom mindenkinek, teljesedjen ki abban, amit a legjobban szeret! Ez az írótábor ebben fog segíteni. Jó munkát kívánok!

Lelkesítő szavait kitörő taps követte. Zoé szerényen elmosolyodott.

– Kezdjük egy rendhagyó bemutatkozással. Miután elmondtátok, milyen néven szólítsunk, folytassátok a mondatot, amit a széketek alá rejtett papírra írtam.

Milla felpattant, és félig megdöntötte a székét. Valóban ott volt egy összehajtogatott papírlap, beletűzve a fakeret és a szövet találkozásába. Nem volt ragasztószalag, a csodás bútoroknak nem esett bántódásuk. A többiek is mozgolódni kezdtek.

– A papírlapokat csak akkor hajtogassátok szét, amikor sorra kerültök – emelte meg a hangját Zoé a sürgés-forgás zajában.

Amikor mindenki visszaült a helyére, a táborvezető rámutatott Erára.

– Menjünk sorban. Kérlek, mutatkozz be, és olvasd fel a papírodra írt mondatot.

A nő zavarba jött, és gyűrögetni kezdte a lapot.

– Zombori Erika, Era – nyögte.

Zoé szelíden közbeszólt.

– Elég annyi, hogy Era, így fogunk szólítani. Kérlek, olvasd fel a mondatot, és folytasd azzal, ami rád leginkább jellemző.

A nő szinte remegő kézzel széthajtogatta a lapot, és halkan, hebegve olvasni kezdte:

– Azért jöttem ebbe az írótáborba...

Hosszú másodpercekig csendben meredt a papírra. A többiek türelmesen vártak. Milla fészkelődni kezdett. Zoé felhúzott szemöldökkel próbálta bátorítani a lányt, de Era nem figyelt rá. Úgy bámulta a lapot, mint aki attól várja a mondat folytatását.

Végül nagy levegőt vett, és kimondta:

— Azért jöttem ebbe az írótáborba, hogy ráleljek az igaz utamra. Elegem van a hazug, képmutató életből, ki kell lépnem a fényre.

A többiek gyenge tapssal válaszoltak a meglehetősen homályos kijelentésre. Zoé megköszönte a nőnek a feladat teljesítését, majd Róza felé fordult.

A lány kihajtogatta a lapját.

— Róza vagyok. A mondatom: A rám leginkább jellemző kifejezés. Erre azt mondanám, sportos, mert nem telhet el nap az életemből futás, zumba vagy úszás nélkül.

— Ennek mi köze az írótáborhoz? — szólalt meg a Tanár, a helyzethez képest meglehetősen modortalanul.

— A feladat csak a bemutatkozás és a mondat befejezése. Más kritérium nincs — vette védelmébe Rózát Zoé.

A Tanár erre morgott valamit az orra alatt. Senki sem figyelt rá.

— Milla, folytasd, kérlek — nézett Zoé Róza barátnőjére.

Milla letette a tollat, és körbenézett.

— Kamilla. Szólítsatok Millának, de semmiképpen se Kaminak. Azt utálom, és nem is hallgatok rá. Köszi — mutatkozott be lazán. — Az írásban azt szeretem a legjobban, hogy a szereplőim megfigyelésével jobban megérthetem az emberi viselkedést.

A többiek értetlenül néztek rá.

— Mi a baj? Ez volt a mondatom: Az írásban azt szeretem a legjobban... Ezt folytattam — magyarázta meg.

Erre már többen megértően bólogattak. Zoé a soron

következő írótáborosra, a fiatal fiúra nézett.

– Bálint vagyok, szólíthattok bárhogy. Bálint, Bala, Balu, ahogy tetszik, mindenre hallgatok – mondta.

– A mondatom... – kezdte széthajtogatni a kezében tartott lapot – ha egyetlen szóval kellene jellemeznem magam, így hangzana...

Tétovázott. Felnézett, komoly arccal körbenézett, majd újra a papírra.

– Ha egyetlen szóval kellene jellemeznem magam, így hangzana: álmodozó.

Az ő bemutatkozását is taps követte.

A mellette ülő Vivi nem várta meg, hogy Zoé szólítsa.

– Vivi N. vagyok, hívjatok Vivinek – kezdte. – A szövegem így hangzik: Ha egyetlen mondatban kellene összefoglalnom magam... Micsoda? Ez így egyáltalán nem igazságos! – csattant fel.

Senki nem értette, mi baja.

– Mi a probléma? – kérdezte Zoé.

– Komolyan kérdezed? – nyafogott Vivi. – Teljes mondattal kell jellemeznem magam, bezzeg Bálintnak és Rózának elég volt egy-egy szót kinyögniük. Muszáj engem dolgoztatni?

Zoé elmosolyodott.

– Vivi, ne butáskodj. Egyrészt írónak készülsz, másrészt ismerem a posztjaidat – nem jelent gondot a beszéd. Feltehetően tudsz mondani magadról egyetlen mondatot.

– Még szép! – vágott közbe Vivi. – De attól még igazságtalannak tartom, hogy ők megúszták ennyivel. Na mindegy.

Jó, legyen. Ha egyetlen mondatban kellene összefoglalnom magam, az így hangzana: célom, hogy én legyek az ország legnépszerűbb közösségi médiasztárja, és vigyék az életrajzi könyvem, mint a cukrot.

Szavait egy másodpercnyi csend követte. Fiorella felröhögött.

Vivi felhúzott szemöldökkel fordult felé.

— Mi ebben a vicces?

Az írónő nem válaszolt, csak a fejét csóválta. Vivi arca megnyúlt, orrát sértődötten felhúzta. Szólásra nyitotta a száját, de egyetlen hang nélkül be is csukta.

A kínos csendet Zoé törte meg.

— Nándor, kérlek, folytasd.

— Szólíthattok bárhogy, mindenre hallgatok — mondta rekedtes hangon a férfi.

— Lajosnak foglak hívni — poénkodott Szilveszter. A többiek nem nevettek.

Nándor széthajtogatta a kezében tartott, már erősen gyűrött papírlapot, és olvasni kezdte:

— Senki sem tudja rólam… — felnézett, hosszasan Fiorella szemébe nézett, aki azonban elkapta a tekintetét — többre vagyok képes, mint amennyi látszik.

Az írótáborosok őt is megtapsolták. Nándor lehajtotta a fejét a hirtelen rászegeződő tekintetek kereszttüzében. Bálint bátorítón oldalba lökte.

— Így van, mindent bele!

— Köszönöm — vigyorodott el Nándor.

Zoé a sort záró Tanárhoz fordult.

– Vass Pál vagyok, történelem–magyar szakos tanárként dolgoztam több helyen. Nemrég mentem nyugdíjba. Az írással évek óta kacérkodtam, de eddig nem volt lehetőségem – és főként időm – komolyabban foglalkozni vele.

Zoé köhintett.

– Pali, köszönjük, de a feladat szerint csak a nevedet kell elmondanod és a mondatot.

Vass Pál kihúzta magát.

– Amikor senki sem figyel, én általában... – megtorpant – olvasni szoktam.

A bemutatkozást visszafogott taps követte.

Milla nem bírta megállni, hogy ne fürkéssze a Tanár arcát. Még mindig azon járt az esze, kit láthatott, akitől ennyire megriadt. Mostanra már biztos volt benne, hogy rémületet látott rajta. Olyat, mint amikor valaki lidércet lát.

– Ütemtervünk szerint most ebéd következik, utána műhelymunka. Az egyik csoport Fiorella írónő vezetésével a Parkettás Szalonban fog dolgozni. Tagjai: Era, Milla és Vivi. A másik csapatot a Wattay Szalonba várjuk. Szilveszter útmutatásai segítségével elemezzük a hozott írásokat. Ide tartozik Róza, Pál, Bálint és Nándor. Találkozunk fél kettőkor. Az étkező a mínusz egyes szinten, a Lovagteremben van – hirdette ki Zoé a további tudnivalókat.

Nem kellett senkit nógatni, a korgó gyomrok már jelezték az ebédidőt.

– Felszaladok a füzetemmel a szobába, ebédnél csak útban lenne – mondta Milla a barátnőjének. – Menj előre, rögtön jövök.

Róza bólintott, és elindult a többiek után.

A társaság nagy része már a lépcső felé tartott. Milla kilépett a folyosóra, amikor észrevette, hogy a Tanár a recepciós pultnál áll, és fojtott hangon magyaráz valamit. Az ott dolgozó Ádám elfehéredett, és szinte könyörgőn nézett a férfira.

A Tanár nem várt választ. Félhangosan odavetette:

– Erről mindenképpen beszámolok a felettesének!

Majd megfordult, és nagy léptekkel az ebédlő felé indult.

Milla észrevétlenül felsietett a lépcsőn.

***

Az étkezőként szolgáló Lovagtermet a pincéből alakították ki. Kellemesen hűvös levegő fogadta a vendégeket. Jobbra az esküvőkre és egyéb rendezvényekre berendezett terem nyílt, amely megőrizte a régi idők borospince-hangulatát. A falakat fehérre meszelték, a korabeli pinceablakok alatt pedig a múlt századokat idéző festmények, mozaikok és szobrok sorakoztak.

Az intarziás, kézzel faragott csigalépcsőből sajnos semmi sem maradt a háború viszontagságai után. Helyére modern lift és elegáns lépcsőzet került. Ízlésesen találkozott itt a műemlék jelleg és a huszonegyedik századi kényelem. Néhány helyen az eredeti falazat is látható maradt. A modern ajtókat téglaberakásos boltív keretezte. Az előtér fotelei, asztalkái és a lagzikra használt székek a régmúlt eleganciáját sugározták, míg a csúcstechnológiás hangosítás és világítás megfelelt a mai elvárásoknak.

Balra egy kisebb terem nyílt, amelyhez a vendégektől bárpulttal elválasztott konyha tartozott. Itt állt a hosszú, kockás abroszos asztal, megterítve a tízfős társaság számára. A helyiséget betöltötte a frissen főtt ételek illata. A falak itt is fehérek voltak. Rámázott, díszes markolatú pisztolyok sorakoztak a fal mentén. A legnagyobb keretben egy kézzel festett világtérkép előtt bronz dombormű látható a család címerével, amely kardtartóként szolgált. A fegyvereket üveglap védte.

Az asztalfőn Fiorella ült. Királynői tartással, egyenes háttal készült az ebédhez. Fehér blúzában túlöltözöttnek hatott a társaság többi tagjához képest. Lesújtó pillantással mérte végig az érkezőket.

Elsőként Szilveszter lépett be a lovagterembe, a szokásos kockás ingben és farmerben. Amikor meglátta a túlsminkelt, csillogó ékszereket viselő Flórát, tüntetőleg az asztal másik végében foglalt helyet. Zoé és a Tanár közvetlenül utána érkeztek, így hárman egy külön kis csoportot alkottak. Hamarosan mély beszélgetésbe merültek a hazai irodalom és politika helyzetéről.

Flóra távolságtartó eleganciával úgy tett, nem érdekli, ki ül mellé. Azután szinte berobbant Era. Kapkodva, lihegve mérte fel a termet, majd egyenesen az írónő felé indult. Nemcsak a mozdulatai voltak ziláltak, az öltözéke is olyan hatást keltett, mintha sietve — vagy inkább sötétben — válogatta volna össze. Őt azonban ez cseppet sem zavarta. Sokkal fontosabb volt, hogy minél közelebb ülhessen Flórához. Amikor látta, hogy a terem még szinte üres, megkönnyebbülve rogyott le mellé.

Közvetlenül utána Nándor érkezett, a maga visszafogott módján. Szürke, vasalt ingben, hasonló árnyalatú nadrágban és tornacipőben. Fiorella fintorogva állapította meg magában, hogy ez a férfi egy igazi, láthatatlan kisegér. Aminek azért vannak előnyei is — fűzte hozzá gondolatban. Nándor a másik oldalára ült, így máris kialakult az asztal végi társaság. Az írónő nem bánta, hogy megjelenésben ennyire jelentéktelen emberek veszik körül. Így még jobban érvényesülhetett a saját ragyogása. Legalábbis ő így érezte.

Az sem zavarta, hogy belépett a terembe egy nála fiatalabb, sőt talán tündöklőbb teremtés: az influenszer lány. Vivi minden mérce szerint gyönyörű volt. Karcsú alakját kiválóan hangsúlyozta a testére simuló top és a fiatalos farmer. Egyenesre vasalt, egészségesen fénylő haj keretezte a tökéletesre sminkelt arcát. Körmei úgy csillogtak, mintha egy reklámból lépett volna ki.

A lány egy pillanatra sem mozdult Bálint mellől. A fiú sármos félmosollyal lépett a lovagterembe. Vékony, szálkásan izmos testén férfiasan karcsúsított ing feszült, amelyet a megfelelő mélységig kigombolva viselt. Egyenes tartással közelített az asztalhoz. Vivi minden alkalmat megragadott, hogy a karjához vagy a vállához érhessen.

— Oda üljünk! — húzta a kiszemelt helyek felé.

Róza velük szemben foglalt helyet, egy széket fenntartva Millának.

A terem végéből nyílt a konyha, ahol a — jelenleg egyetlen vendégnek számító — írótáborosokat ketten szolgálták ki: Karola, a szakácsnő és Lili, a pincérlány. Utóbbit Róza felismerte, ő tálalta korábban a frissítőket a Wattay szalonban. Karola adagolta az ételt, Lili pedig tálcákon hordta ki.

Milla is befutott, vidáman csatlakozva a társasághoz.

— Mi az ebéd? — kérdezte, és lendületesen lehuppant.

— Zöldségleves, gombapörkölt — válaszolta Vivi, az orrát húzva.

Milla értetlenül nézett rá.

— Mi a baj ezzel?

— Utálom a gombát — nyafogta Vivi.

Milla elkerekedő szemmel nézett rá, a többiek pedig némán próbálták visszafojtani a nevetést. Közben a pincérlány kihozta az italokat is.

A Lovagtermet betöltötte a három csoportra szakadt beszélgetések moraja.

Milla, Róza és Bálint nem sok közös témát találtak, bár szinte idejük sem volt rá. Vivi ugyanis folyamatosan a csatornájáról beszélt.

— Kétszázezer követőm van, és napról napra nő a számuk — magyarázta. — Így már szóba állnak velem a szponzorok is. Főleg sminktermékeket szeretek reklámozni.

A többiek érdeklődést színleltek.

— Láttátok már a videóimat? Szépség- és életmód tanácsokat adok.

Milla megrázta a fejét, majd feltette azt a kérdést, ami valószínűleg a többieket is foglalkoztatta.

— Miért jöttél az írótáborba? Ez az iparág szerintem elég távol áll az irodalomtól.

Vivi szinte felháborodott.

— Ez hatalmas tévedés! — csattant fel. — A szépségipar folyamatosan változik, rengeteget lehet róla írni. Ha ismernéd a munkásságom, tudnád, hogy a természetesség elkötelezett híve vagyok.

Ennél a pontnál Millának és Rózának erősen kellett koncentrálnia, nehogy egymásra nézzenek. Féltek, hogy akkor kitör belőlük a nevetés. Vivi és a természetesség? A műszempillája szinte a homlokát verdeste, a sminkréteg az arcán egy teljes tubust megtöltött volna.

A lány mintha kitalálta volna a gondolataikat.

— Attól, hogy nem hanyagolom el magam, mint egyesek — nézett jelentőségteljesen Era felé —, még természetes kozmetikumokat használok. Minden, ami rajtam van, ökobarát. Erről fog szólni a könyvem is.

— Nem vonjuk kétségbe a munkád jelentőségét — szólt közbe Bálint. — Biztosan meg fogom venni a kötetet. Ha nem is magamnak, odaadom anyukámnak.

— Nem a barátnődnek? — puhatolózott Vivi, majd megkönnyebbülten sóhajtott, amikor kiderült, hogy Bálint szingli.

Vivi szeme felcsillant, amikor a fiúra nézett. Milla és Róza összenéztek: egyértelmű volt, hogy alakul köztük valami.

– Bálint, mivel foglalkozol? – kérdezte Róza, megtörve az idillt.

– Informatikát tanulok a Gábor Dénesen – válaszolta.

– Te is pesti vagy? – kérdezte Vivi lelkesen, már fejben a randik helyszíneit tervezgetve.

Bálint azonban nem válaszolt, inkább bekapott egy falatot a gombapörköltből.

Milla sajnálta, hogy nincs nála a füzet, mert ezt mindenképp fel akarta volna jegyezni a „Furcsaságok" címszó alá. Remélte, nem felejti el.

Néhány perccel később azonban történt valami, ami egy időre kiverte a fejéből ezt a jelenetet.

***

Fiorella Erával és Nándorral a készülő regényéről beszélgetett. Az írónőt azonban leginkább a saját személyéről szóló téma hozta lázba.

– Két hét múlva elutazunk a pasimmal a Karib-szigetekre – dicsekedett. – Az ottani élményeimről fog szólni a regény.

– Csodálatos lesz, ebben biztos vagyok! – lelkendezett Era. – Ugyanúgy, mint az összes eddigi könyved. Mindet olvastam!

Fiorella királynői stílusban bólintott. Egyáltalán nem lepte meg a dicséret, sőt, már hozzászokott az ehhez hasonló reakciókhoz.

– Ilyen tájakra nem jut el az átlagember – mondta. –

Ezért én elhozom nekik a különleges helyszíneket Magyarországra.

— A történet is fontos, nem csak a díszlet — szólalt meg Nándor.

Fiorella pillantása elkomorult.

Era igyekezett visszaterelni a beszélgetést.

— Ne törődj a zsörtölődő kritikákkal — biccentett rosszallóan Nándor felé. — Minden könyved fantasztikus! Mikor fog megjelenni?

— Látszik, hogy nem a könyvkiadásban dolgozol — gúnyolódott Fiorella. — Akkor tudnád, hogy hosszú hónapok munkája áll még előttünk.

Erre már Era is sértődött arcot vágott, de még ez sem szegte kedvét: továbbra is rajongással nézett Fiorellára. Néhányszor még halványan próbálkozott, hogy szóra bírja az írónőt, de annak láthatóan elment a kedve a társalgástól.

A gombapörköltet meg sem várta. Felállt, és szinte kiviharzott a Lovagteremből.

Era nem tudta felidézni, egyáltalán elköszönt-e az asztaltársaitól. Valószínűleg nem.

***

Zoé, Szilveszter és a Tanár az asztal másik végében időközben a politikáról az oktatás helyzetére váltottak. A Tanár természetesen szakértőnek tekintette magát a témában, Szilveszter viszont mindenáron a legtájékozottabb hazai író szerepében szeretett volna tetszelegni. Zoé rendkívül unta a két férfi rivalizálását. Csendben eszegette az elé tett pörköltet, bár úgy tűnt, nincs sok étvágya.

— Mindig mondom, az ifjúság a jövő záloga — jelentette ki a Tanár.

— Micsoda eredeti gondolat — gúnyolódott Szilveszter. — A világtörténelem során ez még senkinek sem jutott eszébe.

A Tanár feje vörösödni kezdett.

— Szarkasztikus — jelentette ki. — Ebben jó. Mondhatnám, csupán ebben tehetséges.

— Fejtse ki bővebben — válaszolta flegmán Szilveszter.

— Tudja azt maga pontosan.

— Képzelje, fogalmam sincs — folytatta Szilveszter.

Zoé úgy érezte, ezek mindjárt egymás torkának esnek. Ez azonban nem következett be, mert ebben a pillanatban a pincérlány behozta a gombapörköltet. Ahogy letette a tányért a Tanár elé, véletlenül meglökte a poharát. A benne lévő víz a férfi ölébe ömlött.

A lány ledermedt, majd elsápadt. Egy másodperccel később az arca vérvörösre váltott, és kapkodva próbálta felitatni az asztalról a víztócsát, közben folyamatosan szabadkozott.

— Elnézést kérek, nagyon-nagyon sajnálom — hadarta. — Máris hozok egy új terítőt.

A Tanár arca nyaktól felfelé lilára változott. Felugrott, és lenézett a nadrágjára: rajta hatalmas húgyfolt.

— Kirúgatlak — sziszegte a fogai között.

A Lovagteremben egy pisszenés sem hallatszott. Az

írótábor tagjai döbbenten nézték a jelenetet. A felszolgáló zokogása törte meg a csendet. A lány kiszaladt az ajtón.

Bálint felugrott a helyéről, majdnem feldöntve a székét.

— Megvigasztalom — mondta, és elsietett utána.

Vivi arca is vörösre vált. Félig felemelkedett, de végül viszszaroskadt a székbe. Összeszorította az ajkát, karjait maga előtt összefonta. Próbált méltóságteljes arckifejezést ölteni. Körülnézett, majd kényszeredetten felvihogott.

— Képes lenne megfosztani a munkájától egy ilyen botlás miatt? — kérdezte.

Pál nem válaszolt. Ránézett Vivire, majd nagy léptekkel kiviharzott a teremből.

Az így keletkező feszült csendet Milla próbálta feloldani.

— Zoé, te is jössz a délutáni workshopra? — kérdezte, elterelve a témát.

— Tervezem, de előtte még el kell intéznem valamit a városban. Mármint Szentendrén. Be kell mennem a bankba.

— Bizonyára valamilyen meglepetésre készülsz — mondta Milla. — Ismerlek.

Zoé kényszeredetten elhúzta a száját.

— Változatos programokat ígértem — mondta rejtélyes hangsúllyal. — Tartom a szavam.

Milla és Róza rajongtak a titokzatos meglepetésekért. A kellemetlen közjáték sem vette el a kedvüket. Vivi volt az egyetlen, aki sötét tekintettel meredt a poharára, majd sietve kiitta a tartalmát. A gombapörkölthöz hozzá sem nyúlt. Asztaltársaitól elnézést kérve kiment az étkezőből.

***

Milláék ebéd után még beszélgettek egy ideig, aztán ők is felkerekedtek, hogy igyanak egy kávét a hallban. Éppen felértek a földszintre, amikor Vivi rájuk rontott.

— Nem találom sehol!

— Kit? — kérdezte Milla és Róza szinte egyszerre.

— Bálintot — mondta Vivi. Ebben nem volt kérdés. — Sőt, Lilit sem.

— Valószínűleg még mindig sírdogál, és Bálint vigasztalja — mondta Milla.

— De hol?

Róza tippelni kezdett.

— A kertben?

— Ott már néztem — legyintett Vivi.

— A konyhában?

— Azt láttátok volna.

A barátnők ebben nem voltak ennyire biztosak. Az ebédlő több, oszlopokkal elválasztott részre tagolódott, amit nem lehetett folyamatosan szemmel tartani. Itt bárki besétálhatott úgy, hogy senkinek nem tűnik fel.

— Menjünk vissza a Lovagterembe, hátha ott ülnek valamelyik sarokban — javasolta Milla, de a mondat végét rögtön meg is bánta. Vivi rémülten nézett rá.

— Bálint jólelkű gyerek — mondta gyorsan Róza. — Nem hiszem, hogy többet akarna a pincérlánytól. Csak vigasztalja.

Mindhárman visszamentek az ebédlőbe, és a konyha felé

indultak. Karola lépett ki a pult mögül.

– Miben segíthetek? – kérdezte, bizalmatlanul méregetve őket.

– Lili visszajött ide? – kérdezte Vivi türelmetlenül.

A szakácsnő végigmérte.

– Miért? – kérdezte olyan hangsúllyal, hogy egyértelmű volt: Vivinek semmi köze ahhoz, mit csinál a pincérlány.

– Beszélni szeretnénk vele – szólt közbe Róza. – Csak egy perc.

A szakácsnő sóhajtott, majd visszament a konyhába, és a felszolgálólánnyal tért vissza. Lili vörös szemekkel állt meg az ajtó takarásában, rejtette a sírás nyomait.

Vivi azonnal rákérdezett:

– Bálint itt van?

Lili erre nem számított.

– Az meg ki? – bukott ki belőle, majd gyorsan javított. – Nem tudom, kit keresnek.

Vivi szeme elkerekedett.

– Rohant, hogy megvigasztaljon, amikor a Tanár leüvöltötte a fejed... – megtorpant, majd óvatosabban folytatta – amikor kiszaladtál sírva.

A pincérlány teljesen összezavarodott.

– Nem jött utánam senki. Felmentem a személyzeti öltözőbe, és kibőgtem magam. Ennyi.

Vivi, Milla és Róza összenéztek. Ugyanaz járt a fejükben: hol van Bálint? Miért mondta, hogy a lány után megy? Hova tűnt? Miért nem jött vissza? Mit csinált, ha nem Lilivel volt?

A válasz hamar megérkezett.

A hallban találták meg. Bálint nyugodtan kortyolgatta az eszpresszóját, láthatóan fogalma sem volt róla, hogy a hölgyek már fél órája vadásznak rá.

– Hol voltál? – förmedt rá Vivi.

Bálint felhúzta a szemöldökét.

– Sétáltam egyet, aztán leültem kávézni – mondta a szokásos, tisztelettudó hangján.

– Mindenhol kerestelek! Bejártam az egész parkot, sehol nem voltál!

Milla és Róza közben a pulthoz léptek, hogy cappuccinót rendeljenek. Milla fél füllel hallgatta a beszélgetést.

– Kimentem a templomig – mondta Bálint. – Csodaszép barokk épület a bejáratnál. Szent Istvánról nevezték el.

Lelkesen folytatta:

– A főoltár fölött van egy érdekes freskó. Középen Krisztus a kereszten. Jobbra az emberek lépcsőn mennek fel a mennybe, balra angyalok taszítanak néhányat a pokolba. A belső félkörívben – azt hiszem – Jézus mennybemenetele látható. Utána kell néznem.

Vivit azonban más érdekelte.

– Igazat mondtam, tényleg Lili után mentem – mondta Bálint nyugodtan. – Sajnáltam, meg akartam vigasztalni. De az első lépcsőfordulónál eltűnt. Egy ideig kerestem a folyosókon, aztán a kertben is. Végül bementem a templomba. A hangulata... megfogott. Leültem imádkozni, és teljesen elvesztettem az időérzékemet. Ne haragudj, nem tudtam, hogy ennyire aggódsz.

Vivi inkább féltékeny volt, de ezt mélyen elhallgatta.

Ekkor csörömpölés hallatszott a pult felől. Milla elejtette a kávéscsészét. Szerencsére már üres volt.

— Bocsánat, ügyetlen vagyok — mondta, és leguggolt öszszeszedni a darabokat.

Ádám kisietett a recepcióról, és lapátra söpörte a szilánkokat.

— Természetesen kifizetem — mondta Milla, vörös fejjel. — Kérem, írja a számlámhoz.

— Semmi gond, elintézem — mondta Ádám profi udvariassággal.

— Ilyenkor a párom azt szokta mondani: ügyesség, ne hagyj el! — próbált viccelődni Milla. — Sajnos gyakran előfordul. Alapvetően kétbalkezes vagyok.

Róza szótlanul figyelte a jelenetet. Vivi kihasználta a zavart: leült Bálint mellé, és közelebb húzta a fotelt, amíg a karfák össze nem értek.

Amint feltakarították a cserepeket, Milla sietve a lépcsők felé indult. Róza alig bírta utolérni.

— Mi a baj? — kérdezte lihegve.

— Kell a füzetem — mondta Milla, még mindig sietve. — El fogom felejteni ezt a sok infót.

— Szerintem nem történt semmi olyan, amit elfelejthetnél — merengett Róza.

Felértek az emeletre. Végigmentek a folyosón. Milla megállt a szobája előtt, elővette a kulcsát, majd félig visszafordult.

— A katolikus templomok napközben zárva vannak — mondta halkan. — Kivéve vasárnap.

— Péntek van — mondta Róza.

— Pontosan.

Milla elfordította a kulcsot.

— Találkozunk az íróműhelyen.

Róza még kérdezni akart valamit, de végül inkább a saját szobája felé indult.

***

Fiorella unatkozni kezdett az emeleten. Ránézett az órájára. Az ebéd még tartott. A délutáni workshop előtt szeretett volna meginni egy kávét.

Kilépett a folyosóra. A Tanár éppen akkor csapta be maga mögött az ajtót.

Ez egy idegbeteg — állapította meg a nő, de nem foglalkozott vele különösebben.

Inkább azon gondolkodott, milyen kávét kérjen a recepción. Gyalog indult lefelé. A vastag szőnyeg elnyelte a lépteit.

A földszint kihaltnak tűnt. Valószínűleg mindenki a Lovagteremben van — gondolta. Talán akad valaki, aki főz egy kávét.

A recepció mögötti helyiségből motoszkálás hallatszott. Remélem, nem egerek. A gondolattól libabőrös lett.

— Ádám? — szólt a hang irányába.

Nem jött válasz. A kaparászó hang is megszűnt.

Fiorella mozdulatlanul állt. Hallgatózott. Várt. A másik fél is.

A recepción azonban nem látott senkit. Megpróbált áthajolni a pulton, de az túl magas volt. Ekkor vette észre a régimódi csengőt. Pont úgy nézett ki, mint a Miss Marple-filmekben. Illett a kastélyhoz.

Megragadta, és megrázta.

Azonnal robaj hallatszott a személyzeti részleg felől.

Fiorella az üvegajtóhoz lépett. A vendégeknek tilos volt a bejárás; innen nyíltak az irodák.

Valaki elsuhant a kiállítótér felé.

Felismerte.

De nem értette, mit keresett ott. Vagy talán nem is onnan jött? Volt ott egyáltalán más kijárat?

A kávé hirtelen kevésbé tűnt fontosnak. A kíváncsiság erősebb volt.

Belépett a személyzeti folyosóra, és elindult a hátsó szalon felé. A falak fehérek voltak, a tér tele ideiglenes kiállításokkal. Egykor a gróf szobája volt. Most csak néhány bútor állt benne.

Körbenézett. Üres.

Hova lett?

Éppen visszafordult volna, amikor észrevette a sarokban az embermagasságú fikuszt. Mögötte egy nyitott ablak.

Odament. Kihajolt az alacsony párkányon. A teraszra látott ki.

Csend. Sehol senki. Csak képzelődött?

Még állt ott egy darabig, aztán visszament a recepcióhoz.

Ádám már ott volt.

Végre megrendelhette a hőn áhított lattét.

***

Ahogy Zoé kérte, délután fél kettőkor a Wattay Szalonban gyűltek össze. Fiorella kinyitotta a kezében tartott mappát, és olvasni kezdte a neveket.

– Era, Milla, Vivi, gyertek velem a Parkettás Szalonba. Hoztátok a házi feladatot?

Mindhárman lelkesen bólogattak.

A Parkettás Szalon – más néven Díszebédlő – padlóját halványbézs, lakkozott parketta borította. Közepén egy hatalmas, faragott asztal állt. A szoba egyik végében márvány kandalló magasodott, ma már inkább csak díszként. A teraszra a kastély stílusába illeszkedő üvegezett ajtók vezettek. A magas ablakokat nehéz, sárga függönyök keretezték. A falak, a bútorok, a csillárok és a drapériák színei itt is tökéletes harmóniában álltak, akárcsak a kastély többi helyiségében. A fény szabadon áradt be, világos, barátságos teret teremtve.

Fiorella az asztalfőn álló karfás, bársony széket foglalta el. Vivi és Milla az írónő két oldalára telepedett. Era néhány másodpercig bizonytalankodott, majd egy széket kihagyva, Fiorellától a lehető legtávolabb ült le.

Az írónő összehúzott szemmel figyelte, hogy Era nem hajlandó közelebb húzódni, aztán vállat vont.

Vivi eközben a telefonját nyomogatta, és próbálta úgy

megtámasztani a laptopján, hogy bármikor elindíthassa a felvételt. Milla elővette a füzeteit: az új, drakulását és a virágmintását, amibe a házi feladatát írta. Zoé rengeteg előzetes írásbeli feladatot adott a jelentkezőknek, hogy felkészülten érkezzenek, és a workshopokon érdemben tudják értékelni a munkájukat. Így mindenki pontos visszajelzést kaphatott arról, miben erős, és min kell még dolgoznia. Era szintén laptoppal érkezett, csendben várva az útmutatást.

– Vivi, kérlek, tedd el a mobilt – szólt Fiorella.

A lány úgy nézett fel, mintha rosszul hallana.

– Igen, jól értetted – folytatta jéghideg hangon Fiorella. – Ez egy írótábor. Itt nem videózunk. Ha médiával akarsz foglalkozni, nem az írott szöveggel, akkor más programot kell választanod. Értem, hogy fontosak a rajongóid, de ezzel zavarod a többieket. És a személyiségi jogokat is sérted.

Vivi arca megnyúlt. Felkapta a telefonját, és szinte beledobta a rózsaszín, szőrmés kistáskájába. A csatot is túl nagy lendülettel csapta le. Aztán hátradőlt, karba tett kézzel, és mereven nézett maga elé.

Fiorella Era felé fordult. Belelapozott a jegyzeteibe.

– Mivel készültél?

Era fülig pirult. Zavartan kattintgatni kezdett a laptopján.

– Nem kell idegeskedni, itt mindenki kezdő – legyintett Fiorella, lekezelő könnyedséggel.

Era ettől csak még jobban zavarba jött.

– Csak bátran. És egy kicsit hangosabban, hogy mindannyian halljuk.

– Egy verset írtam – mondta végül, nagy levegőt véve.

Megnyitotta a fájlt.

– Kezdő vagyok, legyetek kíméletesek – kérte enyhén remegő ajkakkal.

Vivi még mindig sértődötten bámult maga elé, a többiek viszont kíváncsian fordultak Era felé.

– Kérlek, olvasd fel – mondta Fiorella.

Era nagyot sóhajtott, és halkan szavalni kezdett.

El nem mondott szavak – írta Zombori Erika

Ragyogsz fent, én csillagom,
Csodállak lent, minden napon.
Életem értelme, szavaid szomjazom,
Bár meglátnál, lennél az oltalom.
Mindenem a tiéd, testem halk remegés,
Flórám kecses lénye, izzó ölelés.
Végtelen vágy,
Forró, puha ágy,
Szívem olvadó viasz,
Illatod lelkemnek vigasz.

Csend lett.

Era görnyedt a széken, el akart tűnni. Milla elmélyülten jegyzetelt, Vivi pedig Fiorella arcát figyelte.

Era arca lilásra vált, homlokán izzadságcseppek jelentek meg. A keze remegett.

Fiorella egy ideig némán nézte. Aztán felcsattant.

– Ezt nem mondod komolyan! – nevetett fel. – Még ha leszbi lennék is, akkor sem tartoznánk egy kategóriába. Nézz magadra! Egy szürke kis veréb vagy. Én az ország jelenlegi leghíresebb bestseller írónője. És egyébként is — ismered a pasimat? Egy Adonisz. Elhiheted.

A többiek döbbenten hallgattak.

Era lecsapta a laptop fedelét, felpattant, és villámló szemekkel Fiorellára nézett.

— *Przeklęte niech będzie twoje imię i wszystko, co do ciebie należy.*

Azzal kiviharzott a szalonból.

Az ajtó csapódása után mindannyian összerezzentek.

Milla gyorsan felírta, amire emlékezett:

pseklente, tvoje, imje, vsisztko, nalezsi.

***

Eközben Róza, Pál, Bálint és Nándor a Wattay Szalonban ültek a workshopon, Szilveszter vezetésével.

— Róza mesét, Pál történelmi értekezést küldött házi feladatként. Bálint fantasy novellája is érdekes, de talán kezdjük a szellemekkel — fordult Nándor felé Szilveszter.

A férfi elővette a laptopját, és megkereste a fájlt.

— Úgy vélem, egy ilyen helyszínhez, ahol most tartózkodunk, leginkább egy kísértethistória illik — kezdte. — A művem címe: *Véres lábnyomok a porban.*

A kastélyra sűrű sötétség ereszkedett. Az épület régóta üresen állt, a helyiek meg sem merték közelíteni. A vaskaput nehéz lánc és lakat zárta. Az egyik torony ablakában minden nap, pontban éjfélkor, fény gyúlt. Élők és holtak közti üzenet — így magyarázták a falubeliek a különös jelenséget, és babonás félelemmel vetettek keresztet, valahányszor szóba került.

Élt a faluban egy kíváncsi legény, Sebastian. Egyik éjjel, legyőzve félelmét, átmászott a kerítésen, és óvatosan közeledett a kastély bejárata felé. Felnézett a toronyszobára, ahol gyertyaláng lobbant, és megjelent az ablakban egy gyémánthajú leány, arcát fátyol takarta. Sebastian bűvölten nézte, a leány pedig intett neki, így a legénynek több se kellett: azonnal a kapunál termett.

A kastély bejárata nyikorogva tárult fel előtte. Sebastian belépett az előcsarnokba, ahol a hold fénye halványan megvilágította a teret. Mindent vastag por borított, a padlón pedig lábnyomok rajzolódtak ki. Közelebb hajolt, és ekkor látta meg a keskeny, mezítelen talpak nyomát, amelyek vércsíkot húztak maguk után. Megborzongott.

A torony felől suttogás hallatszott:

— Jöjj, édes!

A lágy női hang felfelé hívta. A fiú lassan lépkedett a nyikorgó lépcsőfokokon, miközben félelménél erősebb volt a vágya, hogy közelről lássa a tüneményt. A hang egyenesen a toronyszobához vezette.

Sebastian tétován nyúlt a kilincs felé, amikor mögötte valaki suttogta:

— Fordulj vissza, míg nem késő!

A fiú azonban nem hallgatott rá. Lenyomta a kilincset, és belépett.

A szoba üres volt. Csupán egy tükör állt a közepén, vastag drapériával letakarva. A leány csábító hangja újra megszólalt:

— Lépj közelebb...

Sebastian lerántotta a poros leplet. Az ablakban égő gyertya lángja kialudt, és a tükörben ott állt a gyémánthajú leány. Kezét kinyújtotta a fiú felé, aki megbabonázva lépett át az üvegen. Nyomában vihar söpört végig a kastély folyosóin.

Másnap Sebastiant az egész falu kereste. Valaki látta őt előző este a kastélynál, ezért levágták a súlyos láncokat a kapuról. A férfiak vasvillával felszerelkezve, többedmagukkal mertek csak belépni a kastélykertbe. A főbejáratot nyitva találták, az előcsarnok padlóját pedig vastag por fedte.

Ha Sebastian erre járt, hol vannak a lábnyomai?

A kérdésre nem kaptak választ. Gondosan visszazárták a kaput, és hosszú éveken át babonás félelemmel kerülték a kastélyt.

— Hatásvadász — szólalt meg Szilveszter, amikor Nándor befejezte.

Pál felhorkant.

— Lehetnél kíméletesebb is.

— Már ne is haragudj, de ki vezeti ezt a workshopot? — kérdezte gúnyosan Szilveszter.

— Éppen ezért nagy a felelősséged — mondta a Tanár. — Nándor szívét-lelkét beletette. Illene objektív, építő véleményt mondanod. Kezdők vagyunk, ne törd le a szárnyainkat.

Nándor hálásan nézett Pálra. A Tanár biztató fejbiccentéssel jelezte, hogy mellette áll.

— Akinek nem tetszik a stílusom, átmehet a másik csoportba — zárta rövidre Szilveszter. — Ha felületes és ostoba írásokat akartok kiadni a kezetek közül, Fiorella „művésznő" a legalkalmasabb, akitől tanulhattok.

***

Kávészünetben az írótáborosok közül néhányan a teraszon gyűltek össze. Róza egy lattéval a kezében készült kilépni a hallból, hogy csatlakozzon a beszélgetéshez. Milla úgy döntött, kihasználja az időt, és felhívja a párját, aki ilyenkor érhetett haza a munkából.

— Menj csak, addig én szocializálódom — mondta Róza. — Üdvözlöm Artúrt.

— Átadom — intett vidáman Milla.

A vastag, puha szőnyeggel borított lépcsőn kényelmesen sétált felfelé. Egyik kezében az elmaradhatatlan csatos füzetét tartotta, a másikkal már a névjegyzéket nyitotta meg a telefonján. Mielőtt azonban rányomott volna a hívás gombra, eszébe jutott, hogy az ajtót még ki kell nyitnia. Zsebre tette a telefont, és a kulcsát kezdte keresni.

Ekkor árnyék suhant el a lépcső tetején.

Valaki a jobb oldali folyosóról átsietett a bal szárny felé. Igyekezett csendben maradni.

Milla meggyorsította a lépteit.

Ajtócsukódás.

Elkésett.

Óvatosan közelített a szobák felé. Egyesével megállt minden zárt ajtónál, és hallgatózott.

Bálint szobájában csend volt.

A következő ajtónál, Era szobájából furcsa zaj szűrődött ki. Valaki sírt, és közben papírt tépett. Milla felemelte a kezét, hogy kopogjon... aztán meggondolta magát. A mozdulat félbemaradt.

Sóhajtott, és továbbindult a saját lakrésze felé.

Tűnődve csukta be maga mögött az ajtót. Elővette a mobilját, és tárcsázta Artúr számát. Két perc múlva már a különös esetet mesélte neki.

– Nem tudtad kielégíteni a kíváncsiságod? – kérdezte a férfi vidáman. – Ezért vagy morcos?

Milla összehúzta a szemöldökét.

– Csak érdekelt volna, mit keresett a másik folyosón.

Artúr gyakran nem értette a párja túlzott kíváncsiságát.

– Nem kell mindenben rejtélyt látni – mondta.

Milla leült az ágy szélére.

– Beszéltél Rózával? – kérdezte meglepődve.

– Amikor utoljára itt voltak Zsomborral. A kártyaparti estéjén. Miért?

– Csupán azért, mert ő is pontosan ugyanezt vágta a fejemhez – morogta Milla, és próbált nem megsértődni Artúr jóízű hahotázásán.

***

A kávészünetet követő workshopot a Wattay Szalonban tartották. A délutáni nap a túloldalról melegítette a kastélyt, ezért az ablakokat szélesre tárták. A bent ülők felszabadultan lélegezték be a kertből beáradó virágillatot. A tiszta, napfényes időben zavartalan panoráma nyílt a tájra.

Milla és Róza már bent voltak, Zoé utánuk érkezett, majd sorban felbukkantak a többiek is. A székek még mindig körben álltak, így mindenki ösztönösen ugyanarra a helyre ült, mint a délelőtti bemutatkozáskor. A hangulat érezhetően oldottabb volt.

Amikor mindenki elhelyezkedett, Zoé elővett egy fekete vászontasakot.

Az írótáborosok kíváncsian figyelték.

– Szeretném, ha a társaság kicsit jobban összekovácsolódna – kezdte. – Csapatmunkát terveztem. Ebben a zsákban szavak vannak. Pontosabban cetlik, amelyekre szavakat vagy kifejezéseket írtam.

– Sorsolni fogunk? – csillant fel Vivi szeme.

– Mindenki húzzon egy cédulát – nyújtotta Zoé a zsákot elsőként Erának –, és olvassa fel, mi áll rajta.

Era belenyúlt a zsákba, tétovázott, majd kihúzott egy cetlit. Széthajtogatta.

– Hentes – nézett fel értetlenül.

Zoé már Róza felé nyújtotta a tasakot. Róza határozottan belenyúlt, és kivette az első cédulát, ami a kezébe akadt.

– Első osztályú – olvasta fel. – Mármint ez áll rajta.

Zoé már lépett is Millához. Ő alaposan megkeverte a papírfecniket, mielőtt kihúzott volna egyet.

– Vakbélgyulladás – olvasta, meglepetten.

Egyelőre senki nem értette, mi Zoé célja ezekkel a szavakkal, de kezdett szórakoztatóvá válni a játék. Bálint automatikusan nyúlt a zsák felé.

– Levegő.

Vivi tapsikolt, úgy, mint aki máris különleges kapcsolatot érez vele.

– Remélem, én is hasonlót húzok, és egy csapatba kerülünk – mondta izgatottan.

Bálint és a többiek csodálkozva néztek rá. Vajon honnan veszi, hogy ez csapatbeosztás?

Vivi magyarázni kezdte, hogy ilyet játszottak irodalomórán a gimiben.

– Ki se néztem belőle, hogy eljutott a középiskoláig – súgta Milla Rózának.

Róza válaszul oldalba bökte.

Vivi belenyúlt a zsákba, színpadiasan becsukta a szemét, és úgy húzott. Amikor széthajtogatta a papírt, döbbenten meredt rá.

– Kérlek, olvasd fel – szólt Zoé.

Vivi körbenézett, ingerülten.

– Ezt nem mondjátok komolyan!

– Mi a baj? – kérdezte Zoé.

– Hányásszag – mondta Vivi. – Ez van ide írva.

Milla felnevetett.

Vivi szeme villámokat szórt. Előrehajolt, Bálint mellkasa előtt átnézve Millára.

– Szerinted ez vicces? – kérdezte élesen.

Milla próbálta visszafojtani a nevetést, és komoly arccal megrázta a fejét.

– Vivi, ez csak egy játék – szólt közbe Róza, miközben a mutatóujjával ismét oldalba bökte Millát.

Zoé átvette a szót.

– Próbáljunk a feladatra koncentrálni. Eddig van egy hentesünk, egy első osztályú kifejezésünk, egy vakbélgyulladásunk, egy levegőnk és egy hányásszagunk. Azt hiszem, már mindenki sejti, mi lesz a feladat.

Egy pillanatra megállt.

– Történetet kell írni a kihúzott szavak felhasználásával. Vajon milyen sztori születik ezekből?

– Ráadásul még Nándor és Pali is húz – tette hozzá.

Zoé már nyújtotta a zsákot Nándor felé.

– Körömlakk – olvasta fel a férfi.

A tasak ezután a Tanárhoz került. Pál megkeverte a cetliket, majd találomra kihúzott egyet.

– Szipog. Ez van ideírva.

Zoé az órájára nézett.

– Vacsoráig bő két óránk van. Elegendő lesz, hogy összedobjátok ezt a laza kis novellát?

Az írótáborosok tétován ingatták a fejüket. Valószínűleg mindenki azon gondolkodott, hogyan lehet ezekből a szavakból értelmes történetet írni.

– Rendben – csapta össze a tenyerét Zoé. – Pontban fél hatkor visszajövök, és meghallgatom a kész műveket. Jó munkát!

***

Zoé bátorító mosolyt villantott, majd kivonult a folyosóra. Amikor becsukta maga mögött a szalon ajtaját, a hét írótáboros tanácstalanul nézett egymásra.

— Üljük körbe ezt az asztalt, és tegyük az összes cédulát középre — javasolta Róza.

Ez mindenkinek tetszett. Nándor és Bálint felálltak, hogy a csillár alá húzzák a kiszemelt asztalt, a többiek pedig a székeikkel kezdtek helyezkedni.

A következő fél óra heves vitákkal telt. Legalább tizenöt percig azt sem tudták eldönteni, milyen témájú legyen a novella. A szavakat mindenféle sorrendben próbálták egymás mellé rakni, de sehogy sem akart összeállni belőlük egy értelmes történet.

hentes, első osztályú, vakbélgyulladás, levegő, hányásszag, körömlakk, szipog

Végül arra jutottak, hogy ezekből a szavakból csak valami morbid, groteszk történet születhet. Amint ebben megegyeztek, megindult a fantáziájuk, és egyre őrültebb ötletekkel álltak elő.

Szerencsére Zoé nem szabta meg a terjedelem hosszát. Az egyetlen kikötés az volt, hogy minden szónak szerepelnie kell a történetben. Az is fontos volt, hogy kerek legyen: bevezetéssel, tárgyalással, befejezéssel.

Vivi vállalta a jegyzetelést. Era figyelte, melyik szót használták már fel, és azokat külön kupacba rakta. A többi az asztal közepén maradt, hogy mindenki lássa.

Végül egy gyerekkori játékhoz hasonlóan oldották meg a feladatot: az első elkezdte a történetet egy szó felhasználásával, a következő folytatta, kapcsolódva az előző mondathoz.

Amikor másfél óra múlva Zoé visszatért, Vivi azonnal felpattant, hogy felolvassa a közös művet.

Friss hús – horror novella

A fiatal lány belépett a boltba. Fényes, piros magas sarkú cipőjéhez színben passzolt a táskája, a rúzsa, sőt még a körömlakkja is. Elegáns öltözékéhez méltatlan volt a hányásszagú csík, amely végigszántotta a szövetkabátját. A lány sápadt volt, szemét vörösre sírta. Szipogva, nehézkesen formálta a szavakat.

– Segítsen, kérem! – suttogta.

A hentes mogorván a falon lógó órára nézett.

– Éppen zárni akartam – mondta közömbösen, és az ajtó felé indult.

Már megint egy hisztis, piás liba – gondolta, de nem mondta ki hangosan.

– Fáj a hasam. Sajog – nyögte a lány, és a pult szélébe kapaszkodott.

A férfi megtorpant. A nő arca verítékben úszott.

– Vakbélgyulladás – mondta rekedten. – Kérem, hívjon mentőt, vagy vigyen el a kórházba.

A hentes szeme megvillant.

– Tudom, mit kell tenni – felelte. Az ajtóhoz lépett,

elfordította a kulcsot a zárban, majd határozott mozdulattal lehúzta a redőnyt.

A lány tiltakozni próbált, de már nem volt ereje. Görnyedve csúszott le a pult előtti hófehér kőre.

A férfi az asztalhoz lépett, és komótosan válogatni kezdett a kések között. Végül egy szikeéles eszközt választott. Kedvtelve forgatta az ujjai között a faragott markolatot. A pengén megcsillant a neonfény.

– Nem fog fájni – húzta vigyorra a száját.

A lány védekezőn maga elé emelte a kezét. Sikítása beleveszett az utcai forgalom zajába. A levegőt betöltötte a vér szaga. Az üzletben csend lett.

Másnap reggel a hentesbolt ajtaja nyitva állt. A pult mögött tisztára mosott kések sorakoztak. Az ajtóra új tábla került:

Mai ajánlat: első osztályú, friss hús.

A hófehér járólapon megcsillant egy apró, lepattogzott piros körömlakkdarab.

A novella felolvasása után mindenki Zoéra nézett. Várták a reakcióját.

A táborvezető elismerően bólintott.

– Tehetségesek vagytok, meg kell, hogy dicsérjelek benneteket.

– Küldhetjük a kiadóknak? – viccelődött Milla.

Zoé egy pillanatra elbizonytalanodott, majd így felelt:

– Némi kozmetikázás után.

Az írótáborosok kihúzták magukat. Úgy tűnt, minden

feszültség eltűnt. Ez a másfél óra valódi csapattá formálta őket.

Zoé hagyta, hogy örüljenek, majd ismét szót kért.

— Fél óra múlva találkozunk a vacsoránál. Remek illatok jönnek a Lovagteremből Karola szakácsnő jóvoltából — csapta össze a kezét. — Azután szabad program. A teraszon leszek. Ha valaki csatlakozna egy kötetlen irodalmi beszélgetéshez... iszogatáshoz, szeretettel várlak benneteket.

— Mi az az irodalmi iszogatás? — súgta Milla.

Róza nevetve vállat vont.

— Nemsokára meglátjuk.

***

Amikor az írótáborosok nagy része felment a szobákhoz, Milla lent maradt. Fotózni kezdte a szalont és a folyosót. Elbűvölve figyelte, ahogy az egymás után felkapcsolódó falikarok és csillárok fényei az est közeledtével meleg hangulattal töltik meg a kastélyt.

Amikor ő is elindult az emelet felé, meglátta a Tanárt a folyosó végén. A Parkettás Szalon ajtajában állt, és valakivel fojtott hangon beszélgetett.

Milla befordult a lépcső felé, de a saroknál megállt. Innen ő hallhatta a beszélgetést, őt viszont nem láthatták.

— Ismerősnek tűnsz — mondta a Tanár. — Nem jövök rá, honnan.

A másik fél válaszolt valamit, de Milla túl messze volt

ahhoz, hogy értse. Azt sem tudta kivenni, férfi vagy nő beszél.

– Melyik középiskolába jártál? – kérdezte a Tanár halkan.

– Kossuth Lajos Gimnázium, Tiszahídvár? Ott tanítottam tíz évig.

Ismét csak suttogás.

A Tanár kilépett kissé a folyosóra, és hangosabban folytatta:

– Valószínűleg csak hasonlítasz valakire. Esetleg Kiliti Gábor neve ismerős?

Milla kinyitotta a noteszét, és a lehető leghalkabban jegyzetelni kezdett. Nem mert kinézni a fedezékéből. Leírt mindent, amit hallott: a gimnázium nevét, Kiliti Gáborét.

Megnézem a neten – határozta el. – Az AI bármit felkutat.

Léptek.

Az illető, akivel a Tanár beszélgetett, a kert felé indult. A Tanár egy ideig elgondolkodva nézett utána, majd elindult a folyosón.

Egyenesen Milla felé.

A lánynak gyorsan kellett döntenie. Ha nem akar lebukni...

Szíve szerint a Parkettás Szalonba ment volna, hogy megnézze, ki volt a másik fél. De akkor egyenesen a Tanár karjaiba fut.

Nem maradt más választása.

Felsietett a lépcsőn.

***

A Lovagterem hosszú asztalához ugyanúgy ültek le, mint ebédnél.

Pál késve érkezett. Idegesen kapkodott, majdnem felborított egy széket. Vörös fejjel, fújtatva huppant le.

Zoé aggódva nézett rá.

– Minden rendben van?

– Semmi sincs rendben! – vágta rá a Tanár.

Erre már mindenki odanézett. A pincérlány inkább a konyhában maradt, biztonságos távolból figyelte az eseményeket. Az írótáborosok egymásra pillantottak, majd vissza a Tanárra. Úgy tűnt, bármelyik pillanatban felrobbanhat.

– Nem találom a gyógyszereimet – mondta, és elővett egy üvegcsét.

Csend lett.

Milla szólalt meg először, óvatosan:

– Esetleg... az, ami a kezedben van?

A Tanár úgy nézett rá, mint egy idiótára. Megcsörgette a fiolát. Két kapszula lötyögött benne.

– Ez tele volt, amikor eljöttem otthonról – rázta meg indulatosan. – Most összesen kettő van benne. Valaki ellopta!

Egy férfi, aki épp akkor lépett be a Lovagterembe, meghallotta az utolsó mondatot. Odasietett, és megszólalt:

– Zoé kisasszonyon kívül talán még senki nem ismer. Balogh László vagyok, a Teleki–Wattay Kastély megbízott menedzsere. – Röviden meghajolt. – Sajnálattal kell közölnöm: eltűnt a királykulcs.

– A micsoda? – bukott ki Rózából.

— Egy piros kulcs, a recepciós pultban tartjuk — magyarázta László. — Királykulcsnak hívjuk. Minden ajtót nyit az épületben.

Zavarodott moraj futott végig az asztalnál. Hogy tűnhet el? Ki vitte el? Valaki a személyzetből... vagy közülük?

— Ugyanaz a tolvaj vitte el a gyógyszereimet is — csapott le a Tanár. — Követelem, hogy nézzék vissza a kamerafelvételeket! El kell kapni azt a szemét kis szarkát! Hol van a kameraközpont? Hol vannak a biztonságiak?

Már a menedzser karját is megragadta, hogy az ajtó felé húzza. László azonban nem mozdult, csak idegesen toporgott.

— Nincs.

A Tanár közelebb lépett. Talán rosszul hallotta.

— Mi az, hogy nincs? Nincs kameraközpont?

László kínosan elmosolyodott.

— Biztonsági szobánk természetesen van. A kamerák is működnek... pontosabban működtek. A kastély teljes területe be van kamerázva.

— Akkor? — sürgette a Tanár. — Mutassa meg a felvételeket. Most azonnal!

A menedzser lassan megrázta a fejét.

— A rendszert kiiktatták. Meghekkelték... vagy egyszerűen tönkretették. Bármi történt, jelenleg nem működik.

A Tanár visszaroskadt a székébe. Egy darabig csak bámult maga elé. Aztán remegő kézzel kinyitotta az üvegcsét, és egy piros-fehér kapszulát a terítőre borított. Vizet töltött, és bevette.

Milla és Róza egymásra néztek. Szinte egyszerre szólaltak meg:

– Királykulcs, ami minden szobát nyit?

– Te hova tetted a pénzed és az irataidat?

Fel is pattantak.

Erre már a többiek is észbe kaptak. Szinte egyszerre indultak a szobák felé, hogy ellenőrizzék, nem járt-e náluk a tolvaj.

Karola szakácsnő értetlenül nézett utánuk a konyhából. A beszélgetésből semmit sem hallott. Csak azt látta, hogy mindenki otthagyja a vacsorát.

Finnyás társaság, gondolta sértődötten. Meg sem érdemlik, hogy szívvel-lélekkel főzzön rájuk.

***

Az esti programnak tervezett iszogatásra mindenki a szobájában készült. Ellenőrizték az értékeiket, és igyekeztek biztonságos helyre elzárni őket. Az emeleti folyosók egy ideig teljesen kiürültek.

A csendet halk kopogás törte meg.

Fiorella százhármas szobájának ajtaja résnyire nyílt. Az írónő kinézett. Nándor állt ott, kezében egy összefogott dokumentumcsomóval. Idegesen egyik lábáról a másikra helyezte a súlyát.

– Bejöhetek egy percre? – kérdezte halkan.

– Ne reménykedj. Nem vagy az esetem – mondta Fiorella.

Nándor azonnal elvörösödött.

— Nem is mernék ilyet remélni. Egészen más ügyben jöttem — hadarta.

Fiorella egy pillanatig mérlegelt. Kikukkantott a folyosóra. Amikor meggyőződött róla, hogy senki sincs ott, félreállt.

Egyetlen fejbiccentés.

Nándor belépett. A nő azonnal becsukta mögötte az ajtót, és beljebb ment. A férfi az előtérben maradt. Nem mert tovább lépni. Fiorella nem is hívta.

— Miről van szó? Röviden. Ma éjjel még dolgom van.

Nándor nem kérdezett vissza. Inkább a tárgyra tért.

— Évek óta a szellemíród vagyok.

Fiorella felhorkant.

— Ezt nem kellene hangoztatnod — mondta halkan, de élesen. — Titoktartás köt. Ha ez kiderül, vége a karrieremnek.

— Kérlek, hadd mondjam végig — erősködött Nándor.

A nő nem válaszolt. Kelletlenül még egy pillanatig figyelt.

— Továbbra is neked dolgozom. De írtam egy saját regényt. Szeretném kiadatni. Készítettem egy szerződésmódosítást is... mit várok, hogyan tovább. — A papírokat felé nyújtotta. — Kérlek, nézd át.

Fiorella rá sem nézett.

Az arca lassan vörösödni kezdett.

— Ezt mégis hogy képzeled? — kérdezte halkan. Veszélyesen halkan. — Ha bárki felismeri a stílust, nekem végem. Húsz éve vagyok a sikerlisták élén. Ki akarsz csinálni?

Nándor hátrahőkölt.

– Nem! Szó sincs erről! Csak... – kereste a szavakat. – Ki szeretnék lépni a függöny mögül. Te mindig a színpadon állsz. Én is vágyom a reflektorfénybe. Úgy érzem... megdolgoztam érte.

Fiorella hangja megemelkedett.

– Meg is fizettelek! – csattant fel. – Az elmúlt húsz évben annyit kerestél rajtam, amennyiről álmodni sem mertél! Hiába te írtad a szövegeket: az én arcom, az én marketingem nélkül még mindig a fiókodban porosodnának!

Egy lépéssel közelebb ment.

– Ha másik kiadónál próbálkozol, minden eszközzel meg foglak állítani. Jobban tennéd, ha ezt az egészet elfelejtenéd. Hallani sem akarok róla.

Odaviharzott az ajtóhoz, és szélesre tárta.

A hangja már a folyosón visszhangzott.

– Ha erről bárkinek beszélsz, megbánod! Takarodj!

Nándor még mindig kinyújtott kézzel tartotta a papírokat. Egy pillanatig várt. Aztán lassan összetekerte őket.

Nem szólt semmit.

Kiviharzott.

Egyikük sem vette észre, hogy valaki végighallgatta az egészet.

***

A kastélyra szélcsendes alkonyat telepedett. Az árkádos tornácról Pomáz fényei, a domboldal és a túlparton elterülő Dunakeszi rajzolódtak ki. A kertet tavaszi virágillat töltötte be.

A völgyből csak tompa háttérzajként szűrődött fel a forgalom. Minden nyugodt volt. Szinte túl nyugodt.

Az írótáborosok körbeülték a kovácsoltvas keretes üvegasztalt. A társaság nagy része leült, visszafogott zsibongással várakoztak. Fiorella érkezett utoljára. Zoé egyre gyakrabban pillantott a teraszajtó felé. A Tanár még mindig hiányzott.

Ádám hozta az italokat.

— Ön még mindig itt van? — kérdezte Milla őszinte csodálkozással.

— Huszonnégy órás műszak — mosolygott Ádám.

A többiek együttérzőn néztek rá.

— Holnap egész nap alszom — vont vállat. — Ma este viszont még a szolgálatukra vagyok. Mit hozhatok?

A többség bort kért. Vivi koktélt.

Ádám hamarosan visszatért, kiosztotta a poharakat, majd még egyszer körbenézett.

— A recepción leszek, ha szükségük van valamire — mondta, és visszament az épületbe.

Zoé megkocogtatta a poharát. A beszélgetés elhalt.

— Nagyon örülök, hogy eljöttetek — kezdte. — Ma estére hoztam néhány témát. Ha van kedvetek.

A társaság egy emberként bólogatott.

— Sajnálom, hogy Pali nem jött le — tette hozzá. — Az első kérdésem: szerintetek a magyar olvasók inkább a hazai vagy a külföldi szerzőket választják?

Azonnal felmorajlott az asztal.

— A külföldieket — mondta Nándor.

– A magyarokat – vágta rá Fiorella.

– Nyilván a magyarokat – dörmögte Szilveszter.

Amikor végre abbahagyták, hogy egymás szavába vágjanak, Róza szólalt meg.

– Olvastam egy statisztikát. A külföldi szerzők sokkal nagyobb eladásokat hoznak. Az olvasók és a kiadók is a biztosra mennek.

– Mit értesz ez alatt? – kérdezte Zoé.

– A jól ismert nevek... például Agatha Christie. Az olvasók szívesebben választják, mint egy ismeretlen hazai szerzőt.

– Ugyanakkor a magyar írók egyre népszerűbbek – tette hozzá Era. – Főleg, ha valaki hazai környezetre vagy autentikus hangra vágyik. A romantikus műfajban kifejezetten erősek vagyunk.

Fiorella felcsattant.

– Nem csak ezért! Én rengeteg külföldi helyszínen játszódó regényt írtam. Mégis hónapokig vezettem a toplistát.

Szilveszter azonnal rákapcsolt.

– A történelmi hitelesség is számít – mondta. – Én komoly kutatómunkát végzek. Aki olvas, valódi tudással gazdagodik.

Fiorella látványosan ásított.

– Nézzük már meg, mennyit adtak el ezekből az „izgalmas" könyvekből – szúrt oda. – Össze sem hasonlítható az én számaimmal.

Szilveszter arca megfeszült. Nem nézett rá. Az asztal közepén álló borosüveghez beszélt.

– Az sem mindegy, kik veszik azokat a könyveket –

mondta hűvösen. — Az igényes olvasónak vannak fontosabb kérdései a csöpögős szerelmi szirupnál.

Fiorella felcsattant. Zoé próbálta csillapítani őket. A többiek feszengtek.

Szilveszter unta meg előbb. Felállt.

— Jó éjt.

Felvonult a szobájába.

Csend maradt utána.

Ebben a pillanatban egy fekete macska suhant át az udvaron.

— Halál — suttogta Era.

— Mi bajod? — kérdezte Vivi elsápadva.

— Egy kastély szellem nélkül nem is kastély — mondta Zoé könnyedén. — Több rejtélyes haláleset is történt itt. A személyzet szerint rendszeresek a paranormális jelenségek.

— Például? — kérdezte Vivi.

— Ajtócsapódások. Nyikorgás. Sóhajok. Néha... nyögések.

— Minderre van ésszerű magyarázat — legyintett Fiorella. — Szél. Anyagfeszülés. És egy kis WD40.

Senki nem nevetett.

A levegő hirtelen hidegebbnek tűnt.

Era lassan megszólalt. A hangja vontatott volt, szinte ünnepélyes.

— Azt mesélik, élt itt egy lány. Ibolya.

Era hangja lelassult. A tekintete elrévedt, mintha már nem is a teraszon ülne.

— A Wattay család távoli rokona volt. Amikor elárvult,

magukhoz vették. A kastély bal szárnyában lakott, valahol ott, ahol ma az irodák vannak. Nyáron a család is itt volt, de télen egyedül maradt. Az intéző felügyelte a birtokot... és őt.

Egy pillanatra megállt.

— Egy nap az egyik lovászfiú meglátta a kertben. Beleszeretett. Ibolya is viszonozta.

Most már halkabban beszélt.

— Délelőtt a lovaknál dolgoztak. Istállót takarítottak. Délután zongoralecke, aztán séták. A völgyben, a pataknál, a hegyek között.

— Ibolya gyönyörűen zongorázott — folytatta. — Karácsonyra egy saját darabot írt. Meg akarta lepni a fiút. Szenteste behívja a szalonba... gyertyafény... feldíszített fa... és eljátssza neki.

Era lehunyta a szemét egy pillanatra.

— A fiú nem jött el.

Senki sem mozdult.

— Ibolya várt. Aztán keresni kezdte. Bejárta a kastélyt. Az intézőt, a személyzetet, a lovászokat kérdezte. Senki sem látta aznap.

Csend.

— Lelépett a fejőnővel? — vihogott bele Fiorella.

Era lassan megrázta a fejét.

— Aznap is kilovagolt. A Dera-pataknál a ló megijedt valamitől. Senki sem tudja, mitől. Ledobta. A fiú beverte a fejét egy kőbe.

Rövid szünet.

– Azonnal meghalt.

Valaki halkan felszisszent.

Fiorella sóhajtott.

– Jó, de ennek mi köze a szellemekhez?

Era ránézett.

– Ibolya másnap tudta meg. Azt mondják, összeesett. Ágyba tették. Nem tért magához.

– Másnap meghalt.

A szél megmozdult a kertben.

– Azóta itt van. A kastélyban. Minden karácsonykor hallani, ahogy zongorázik. Egy dallamot, amit senki nem tud leírni.

Era körbenézett.

– Az az ő zenéjük maradt. Kettőjüké.

A társaság csendben ült. Néhányan elfordították a tekintetüket.

– Hisztek a szellemekben? – kérdezte Vivi.

Róza azonnal megrázta a fejét.

– Teljes szívvel – mondta Era, és most már egyenesen rá nézett. – A beteljesületlen szerelem nem múlik el. Ibolya itt maradt.

Ezen meditáltak.

– Menjünk bulizni – szólalt meg hirtelen Vivi.

Mindenki ránézett.

– Unatkozom – folytatta. – Szentendrén vagy Békáson biztos van valami hely. Zene, emberek, élet.

A társaság azonban nem reagált. A korábbi beszélgetés

hangulata még ott ült az asztalnál.

Vivi vállat vont, majd Bálint felé fordult.

– Balu, légyszi.

– Nem vezethetek – mondta a fiú. – Ittam.

– Hívunk taxit.

Már húzta is felfelé. Bálint egy pillanatig ellenállt, aztán sóhajtva feladta, és felállt.

– Bocsánat... – mondta a többieknek.

– Ne várjatok meg! – vihogott Vivi. – Elmerülünk az éjszakában!

A jelenet ezzel hirtelen kifulladt. A beszélgetés elhalt, a poharak kiürültek, a székek megcsikordultak, és egymás után hangzottak el a rövid elköszönések.

Milla is felállt.

– Jó szórakozást – mondta.

Róza követte, majd Era is lassan szedelőzködni kezdett. Néhány percen belül mindenki a szobájában volt.

Milla, Róza és Era lifttel mentek fel.

Róza ásított. Milla nem.

Era a 115-ös ajtónál megállt.

– Jó éjt – mondta, és besurrant. Kulcs fordult a zárban.

A két barátnő továbbindult a vörös, süppedős szőnyegen.

– Átjössz? – kérdezte Milla halkan.

– Most? – nézett rá Róza. – Borzasztó késő van.

Milla közelebb hajolt.

– Era szavai... nem hagynak nyugodni.

Róza felsóhajtott.

– Melyik szavai?

Milla nem válaszolt. Megfogta a karját, és a 113-as szoba felé húzta.

– Bent.

Felkapcsolta a villanyt, leült, és kinyitotta a drakulás füzetet.

– Ezeket jegyeztem fel: pseklente, tvoje, imje, vsisztko, nalezsi.

Róza leült vele szemben.

– Ez nem hangzik magyarul.

– Szerintem átok – mondta Milla.

Róza a szavakat nézte.

– Inkább szláv. Keressük meg.

Milla elővette a laptopját.

– Gyorsabb.

Semmi találat.

– Olvasd fel – javasolta Róza.

Ekkor zörgés.

Az ajtónál.

Milla felpattant. Kulcs. Kilincs. Ajtó.

Kinézett.

Senki.

– Azt hittem, valaki hallgatózik.

– Lehet, kintről jött – mondta Róza.

Hallgattak.

Semmi.

— Jó. Felolvasom.

Az alkalmazás több lehetőséget adott. Az egyik kiemelkedett:

Przeklęte niech będzie twoje imię i wszystko, co do ciebie należy.

— Ez milyen nyelv? — kérdezte Milla.

— Lengyel — mondta Róza. — Azt jelenti: „Legyen átkozott a neved, és minden, ami hozzád tartozik."

Csend.

A két lány egymásra nézett.

***

Másnap reggel Róza korán kelt. Sportos életmódjához hozzátartozott a napi mozgás, legyen az futás vagy séta; ezen a napon az utóbbit választotta, mert szerette volna felfedezni a környéket.

A parkot előző nap már bejárták Millával, ezért most inkább az Óváros felé indult. Elhaladt a kastély szomszédságában álló uradalmi intézői ház mellett. A neten olvasta, hogy Petőfi Sándor is megfordult itt, a Loos-házban, és eszébe jutott, hogy a környék egykor a szőlőkultúrájáról volt híres. A barokk kapu fölött faragott kis hordó jelezte a hajdani kádármesterséget. Róza elővette a telefonját, és készített néhány fotót.

A nap éppen felkelt, fénye végigsimított a keskeny, ódivatú utcákon. Róza szinte mindent lefényképezett: a párkányokra kitett cserepes virágokat, az ablakok fölötti díszes, faragott háromszögmintákat, amelyekről csak később, némi utánanézés után tudta meg, hogy háromszögletű pártának hívják, és főként szerb házakon fordulnak elő. Különösen tetszettek neki a türkizkék és vörös ablakkeretek, valamint a fedeles bejáratok, ahol a faragott fakapuk fölé kis, cseréptetős előtetőket építettek. Még a kilincsek is felkeltették az érdeklődését; néhányat külön is megörökített.

A kanyargós utcákon órákig el tudott volna bóklászni, de amikor az időre nézett, visszafordult. Sietnie kellett, hamarosan kezdődött a reggeli.

Ekkor pillantotta meg Szilvesztert.

A férfi szemből jött, határozott, sietős léptekkel. Róza felderült, intett neki, és kissé megszaporázta a lépteit, hogy utolérje. Szilveszter azonban anélkül fordult be a következő sarkon, hogy akár egy pillantást vetett volna rá.

Róza megállt.

Ez furcsa, gondolta. Biztosan észrevett.

Miért tett úgy, mintha láthatatlan lennék?

Már alig várta, hogy ezt elmesélje Millának.

Milla ezzel szemben nehezen ébredt. A zuhany azonban segített, és mire elkészült, már jóval éberebbnek érezte magát. Gyorsan felöltözött, majd kilépett a folyosóra, hogy bekopogjon Rózához; megbeszélték, hogy együtt mennek reggelizni. A házirend szerint nyolctól kilencig volt reggeli, a telefonja pedig már fél kilencet mutatott.

A bal oldali kastélyszárny végében voltak a szobák: előbb

Milla, mellette Róza, majd Era. Szemben Vivi és Bálint lakott. Ez a folyosó most teljesen üres volt.

A szemközti, jobb oldali szárnyban viszont feltűnő nyugtalanság uralkodott.

A százhatos szoba előtt a menedzser idegesen toporgott. Mellette egy takarítónő sírdogált, akit Milla korábban nem látott. Ekkor megérkeztek a mentősök, és hordágyat tolva végigmentek a folyosón. A szoba előtt megálltak, az ágyat kint hagyták, majd bementek. László is utánuk sietett, közben folyamatosan magyarázott.

– Hannácska talált rá. Reggel szokta takarítani a szobákat...

Milla közben már kopogott Rózánál.

– Siess! – szólt, amikor az ajtó kinyílt.

– Hiszen én már visszaértem – kezdte Róza értetlenül –, te késtél el...

Milla azonban már indult is a jobb szárny felé, Róza pedig utána sietett.

A százhatos szobánál a menedzser éppen az adatokat diktálta.

– Vass Pálnak hívják. Az iratai... valahol itt kell lenniük.

Milla belépett az előtérbe, és próbált belesni a szobába, de a mentősök teljesen körbevették az ágyat.

– Tegnap este a gyógyszereit hiányolta – folytatta László. – Egy szemet be is vett vacsoránál. Később feljött ide... és azóta nem láttuk.

Az egyik mentős az éjjeliszekrényhez lépett, és felemelte

az üvegcsét.

— Ez volt az?

— Valószínűleg igen — felelte a menedzser. — Nagyon ideges volt miatta.

A mentős feljegyezte a gyógyszer nevét, majd visszatette az üveget.

Milla az ajtóban állt.

— Kérem, menjen ki — szóltak rá. — Be kell hoznunk a hordágyat.

— Él? — kérdezte.

— Nincs magánál, de lélegzik — válaszolták, miközben finoman kitessékelték.

— Mi baja? — próbálkozott tovább.

— Egyelőre nem tudjuk. A kórházban kiderül.

A folyosón Róza a takarítólányt próbálta megnyugtatni. Amikor a menedzser is kilépett, mindannyian arrébb húzódtak, hogy ne legyenek útban.

Néhány perc múlva kitolták a hordágyat.

Ebben a pillanatban nyílt ki a szemközti ajtó.

Fiorella lépett ki.

Az arcára kiült a döbbenet, amikor elhaladt előtte a hordágy. Vass Pál mozdulatlanul feküdt rajta.

A Tanár úgy nézett ki, mint aki már halott.

— Szerinted is hullaszíne volt? — kérdezte Milla, amikor lefelé indultak a lépcsőn.

Róza ránézett.

— Fogalmam sincs, az milyen.

Milla elbizonytalanodott.

– Olyan... sárgás-szürkés?

***

Mire a barátnők leértek, a társaság néhány tagja már a Lovagteremben reggelizett. Ezúttal nem volt felszolgálás: a svédasztalos kínálat egy külön asztalon sorakozott.

A lányok egy-egy tányért felvéve válogatni kezdtek a hidegtálakból. Milla annyira elmerült a gondolataiban, hogy Rózának kellett rászólnia.

– Fél kiló párizsi kicsit soknak tűnik – tette a kezét Milla karjára.

A lány felocsúdott, és zavartan visszapakolta a púposra halmozott felvágottat.

– Nem is vagyok éhes – mondta, majd néhány szelet sajttal és egy zsemlével leült a kockás abrosszal terített asztalhoz.

Halvány mosollyal köszöntötte a többieket: szemben Vivit, Bálintot és Nándort, mellette Erát. Zoé és a két híres író még nem érkezett meg.

Róza is leült, majd felnézett.

– Kávét vagy teát kérsz?

Milla egy pillanatig nem válaszolt, aztán rájött, hogy italt sem hozott.

– Mindegy. Amit te iszol, jó lesz – mondta, majd elmosolyodott. – És köszönöm.

Róza biccentett, és visszament a büféasztalhoz.

Néhány perc múlva egy csésze zöld teával tért vissza.

– Nekem kávé kell, de te most maradsz ennél – tette le Milla elé. – Különben szétrobbansz.

– Higgadt vagyok – nézett fel Milla, kissé késve.

– Persze. Szinte füstöl a fejed.

Milla lassan megkavarta a teát.

– Érzem, hogy valami nem stimmel.

– Már megint nyomozol fejben? – kérdezte Róza. – Rejtélyt látsz ott is, ahol nincs.

– A Tanár... – kezdte Milla, és elhallgatott. – Nem hagy nyugodni.

Róza közelebb hajolt, halkabbra fogta a hangját.

– Pál felidegesítette magát a gyógyszerei miatt. Ebben a korban ez nem játék. Rosszul lett, bevitték a kórházba. Ennyi.

Milla ránézett.

– Szerinted tényleg ennyi?

Róza felsóhajtott.

– Most már az orvosok kezében van. Nem tudunk mit tenni.

– Ez nem aggódás – mondta Milla. – Inkább gyanakvás.

Róza elmosolyodott.

– Na, megérkeztünk. Átváltottál nyomozóba. Ilyenkor már nem lehet letéríteni a sínről.

Egy pillanatig nézte Millát, aztán vállat vont.

– Jó. Akkor segítek.

Milla hálásan átölelte a vállát.

***

Beszélgetésüket a többiek nem hallották. Vivi a telefonját nyomkodta, posztolt a követőinek, vagy éppen Bálintot tartotta szóval. Era és Nándor egymással szemben ültek, és a nő kedvenc témájáról, Sebes Flóra munkásságáról beszélgettek.

Ekkor belépett a terembe Zoé, Fiorella és Szilveszter. Miután szedtek a svédasztalról, a két író ezúttal is a lehető legtávolabb telepedett le egymástól. Zoé gondterhelt arccal ült le, és csendben eszegetni kezdett.

– Ki fogja elmondani a csapatnak? – kérdezte Róza.

– Zoé a táborvezető. Ez az ő dolga – válaszolta Milla.

Így is történt.

A reggeli végén Zoé felállt, és a társaság felé fordult.

– Sajnos egyik írótársunk, Pali rosszul lett. Ma reggel kórházba szállították – mondta komoran.

Az asztalnál megmozdultak. Tekintetek villantak ide-oda, halk kérdések futottak végig a társaságon.

– Mi történt?

– Mi baja lehet?

– Hogyan?

– Egyelőre nem tudjuk – folytatta Zoé. – Ígéretet kaptunk, hogy később tájékoztatnak bennünket. Addig annyit tehetünk, hogy gondolunk rá... és reméljük, nem súlyos a helyzet.

Egy pillanatra megállt.

– Tudom, hogy ez mindenkit megérint – tette hozzá halkabban. – A családját, a barátait... és minket is. Ennek ellenére arra kérlek benneteket, próbáljatok arra koncentrálni, amiért itt vagyunk: az írásra és a feladatokra.

Körbenézett, megerősítést várva. Néhányan még bizonytalanul fészkelődtek, egymásra pillantottak, aztán lassan minden tekintet rá szegeződött.

Zoé halkan kifújta a levegőt.

— Köszönöm a megértéseteket. Fél óra múlva kezdjük a délelőtti workshopot a Parkettás Szalonban. Hozzátok a laptopot, izgalmas feladattal készültem.

***

Fél tízkor a Díszebédlőben ültek, nyomott hangulatban. Némán, maguk elé meredve várták az új írói feladatot. A körülményekhez képest meglepően higgadtan.

A feladatot Szilveszter ismertette.

— Százszavas szöveget kell írni — mondta. — Egyetlen kikötés: szerepeljen benne a „kastély" szó.

— Muszáj novellának lennie? — kérdezte Nándor.

Szilveszter Zoéra nézett. A nő megrázta a fejét.

— Főnöki engedéllyel — mosolyodott el halványan Szilveszter — nem kötelező. Lehet vers vagy más próza is. A lényeg, hogy ne legyen hosszabb száz szónál, és legyen valamilyen lezárása.

— A téma adott? — kérdezte Era.

— Szabad a pálya — válaszolta Zoé.

— Mennyi időnk van? — kérdezte Róza.

Zoé a falióra pillantott.

— Egy óra elég lesz.

Szilveszter és Fiorella kimentek a teremből. Zoé a kandalló melletti fotelbe ült, és a telefonját kezdte nézegetni. A többiek nekiláttak az írásnak. Ezúttal mindenki laptopon dolgozott, hogy figyelni tudja a szószámot.

Amikor letelt az egy óra, Zoé telefonja jelzett. Felállt, kinézett a folyosóra.

— A teraszon vannak — jegyezte meg Milla.

Zoé bólintott, majd a szárnyas üvegajtón keresztül beinvitálta Fiorellát és Szilvesztert a Parkettás Szalonba. Miután helyet foglaltak, az asztalfőhöz lépett.

— Ki szeretné felolvasni a munkáját?

— Kezdem én — mondta Nándor határozottan.

Felállt, és olvasni kezdett.

Báthory Erzsébet rémtettei messze földön hírhedtek voltak. Emberi vérben fürdött, ha úgy hozta kedve. Bárkit kivégeztetett, aki rossz hírt hozott. Szolgái lábujjhegyen jártak, óvakodva a grófnő hangulatingadozásaitól. Senki fia nem emelt hangot a borzalmas zsarnokság ellen.

Egy nap azonban Erzsébet leghűségesebb szolgája fellázadt. Bekopogott a grófnő ajtaján és próbálta jobb belátásra bírni úrnőjét. Báthory azonban durván elzavarta, még egy korsót is utána hajított, amely megsebezte a szolga vállát. Ekkor telt be végképp a pohár. A férfi elment a szomszédos kastély urához és beszámolt Erzsébet szörnyűséges kínzásairól.

Az uraság rettentő haragra gerjedt. Hadseregével megtámadta a grófnő kastélyát, őt magát tömlöcbe vetette.

A felolvasást taps követte. Fiorella is mosolygott, bár nem

teljes őszinteséggel.

— Szép, kerek történet — mondta Zoé. — Száz szó?

— Pontosan — felelte Nándor, és egy pillanatra Fiorellára nézett.

Ezt a tekintetet csak Milla vette észre.

A táborvezető megköszönte az írást, majd körbenézett.

— Ki folytatja?

Milla jelentkezett.

— A kastély parkjában van egy Tesla-mellszobor. Ez adta az ihletet.

Nikola Tesla laborjában éjfélkor is világított a gyertyák fénye. A férfi lázasan dolgozott a következő találmányán. Nem sejtette, el fogják árulni. Akit barátjának hitt, első adandó alkalommal ellopta az ötletét. Nikola csupán a felfedezésre koncentrált. Szerette volna megváltoztatni a világot.

Nélkülözésben, magányosan élt. Biztos volt benne, az újítása nyomán egyszer minden otthonba eljut a világosság, az áram. Ez adott erőt a további munkához. A hideg, sötét éjszakák megtelnek fénnyel és melegséggel — remélte.

Nikola nem tévedett. Bár életében nem mindig kapta meg az őt illető elismerést, az utókor hálával emlegeti nevét.

A taps után Szilveszter megszólalt.

— Nem teljesítetted a feladatot.

A teremben megfagyott a levegő.

— Lehet, hogy nem pont száz szó... — kezdte Milla.

— Nem ez a gond — vágott közbe Szilveszter, egy rövid szünetet tartva. — Nincs benne a „kastély" szó.

Milla gyorsan átfutotta a szöveget.

— Igaz — bólintott. — Eredetileg bele akartam írni, de végül kihagytam. Az észrevétel jogos. Elnézést.

— Nekem mindegy — vont vállat Szilveszter. — De ha egy pályázaton követsz el ilyen hibát, ne lepődj meg az eredményen.

— Lehetett volna ezt finomabban is mondani — válaszolta Milla.

Szilveszter legyintett.

A többiek feszülten hallgattak.

— Róza? — szólt közbe Zoé.

Róza felállt.

Lelkem Rapunzelként él egy magas toronyba zárva. Álmatlanul forgolódom magányos éjszakáimon. A holdra vágyom, miközben a talaj is oly távol. Szabadulásom reménysugara fon aranyhálót köröm.

Egy napon megjelenik a megmentőm. Érzem, tudom. Ő is céltalanul élte napjait, ám a két szív egymásra talál. Jövőnk főnixmadárként újra éled, egymásban támaszt lelve.

Hajam lajtorjaként kapcsolódik kedvesemmel. Várom, hogy mikor ér fel a szobám ablakához. Addig el kell kergetnem a gonoszt, aki nem ereszt.

A mesék végén a jó mindig legyőzi a rosszat. Vajon ez az én életemben is így lesz? Kiszabadulhatok a bánat börtönéből, mint Aranyhaj a kastélyból?

A végén csend lett.

— Gyönyörű, fájdalmas írás — mondta halkan Zoé.

— Egy hibája van — jegyezte meg Szilveszter. — Kevesebb, mint száz szó.

Milla összeszűkült szemmel nézett rá, de nem szólt. Róza csak elmosolyodott.

— Én jövök — mondta türelmetlenül Vivi.

Lilla megérkezett a kastélyhoz. A többiek az épületet „A Hely"-ként emlegették. A tóparton már gyűltek a bulizók. Az újságírók mind Lillát akarták fotózni. Ő volt a legszebb az egész társaságban. Többen irigykedve nézték, összesúgtak a háta mögött.

Nemsokára megérkezett a másik sztár, Bence. Egyenesen a lányhoz lépett, felé nyúlt. Lilla keze a fiú meleg, puha tenyerébe simult.

A követők kommentáradata szinte felrobbantotta a netet. A rajongók el voltak ájulva az új szerelmespár híre miatt. Szökjünk meg! — suttogta a fiú a lány fülébe, és szorosan átölelve a nyakába csókolt.

Lilla kacagva túrt bele a srác hajába. Egész életében nem volt még ennyire boldog.

— Százkettő szó, bocsi — nézett körbe.

A taps visszafogott volt. Vivi azonban csak Bálint reakcióját figyelte. A fiú rámosolygott, mire ő — gyermeki lelkesedéssel — tapsolni kezdett.

— Era? — kérdezte Zoé.

Era halkan olvasni kezdett.

A kastély kertjének mélyén két magányos rózsa álldogált. Egyik vörös volt, másik sárga. Bár vágytak egymás társaságára, a köztük lévő távolság miatt ez lehetetlennek tűnt.

Egy reggel arra ment a kertész. Látta, hogy a rózsák nem a napra nyitják szirmaikat, hanem egymás felé hajolnak. Szeretnétek közelebb kerülni? – kérdezte segítőkészen.

A rózsák szívében remény gyúlt. Talán ezúttal végre közel kerülhetnek? Ringani kezdtek. Vajon csupán a lágy szellő műve volt?

A kertész ezt igennek vette. Fogta az ásóját és óvatosan kiemelte a sárga rózsát a helyéről, vigyázva, nehogy megsértse a gyökerét. A rózsa izgatott lett, hogy végre átkerülhet a szerelme mellé. Sajnos véltelenül beleméIyesztette a tövisét a kertész kezébe. A férfi ettől annyira mérges lett, hogy messzire hajította a virágot.

A sárga rózsa ott maradt a földön. Napok teltek el. A kertész nem jött többé vissza a kert végébe. A vörös rózsa szomorúan nézte, ahogy szerelme elszárad.

– Hosszabb lett – mondta a végén. – Elragadott a hév.

Ez senkit nem zavart. A taps most őszintébb volt.

– Bálint? – fordult Zoé.

– Én... várról írtam – mondta a fiú. – Remélem, így is belefér.

A várat már napok óta ostromolta a sereg. Úgy tűnt, nem bírnak a túlerővel. A zsarnok évek óta uralta az országot. A vár meghódítására minden remény köddé válni látszott.

Volt azonban egy ifjú a katonák között. Tiszta lelkű, merész és okos. Eltöprengett, hogyan lehetne taktikát váltani. Próbálta megkeresni az ellenség gyenge pontját. Körbejárta a várat, és csodák csodájára rálelt a megoldásra. Talált egy omladozó lépcsőt, amelyet senki nem használt. Felkapaszkodott rajta és kitűzte a zászlót.

Hőstette nyomán a sereg újult erőre kapott és néhány óra alatt legyőzték az elnyomót. A fiú azonban nem élte túl. Holttestére a várfal mellett leltek rá. Valaki gyávån hátba támadta.

A végén elismerő pillantások követték.

Zoé épp megszólalt volna, amikor kivágódott az ajtó.

Balogh László állt ott, sápadtan, zaklatottan.

— Elnézést... de ezt azonnal el kell mondanom — hadarta.

Minden tekintet rá szegeződött.

— A kórházból hívtak — mondta. — Vass Pál... elhunyt.

A teremben felhördülés futott végig.

— Mi történt?

— Mi baja volt?

— Szívinfarktus?

A kérdések egymásba csúsztak.

László megrázta a fejét.

— Nem tudok részleteket.

Majd Zoéhoz fordult.

— Segítségét szeretném kérni a hozzátartozók értesítésében.

Zoé bólintott.

— Pali online jelentkezett... nem ismerem a családját — mondta halkan.

— Ilyenkor a hatóságokhoz fordulunk — válaszolta László.

— Rendben — felelte Zoé, erőtlen mosollyal.

Kimentek.

A többiek némán ültek még egy darabig. Aztán lassan felálltak. Nem maradt kedv az elemzéshez.

Kávé. Kert. Szétszéledés.

Egyedül Fiorella maradt a helyén.

Nem a semmibe nézett.

Valakit figyelt.

***

Ebédidőre az írótáborosok visszatértek az épületbe. Az aznapi menü – gulyásleves és grízes tészta – illata betöltötte a lépcsőházat és a földszinti folyosót.

– Ez nem gluténmentes! – kiabálta valaki a Lovagteremben.

Milla és Róza éppen a lépcsőn tartottak lefelé. A többiek már az asztalnál ültek, és döbbent csendben a konyhabejárat felé néztek. A pult egyik oldalán Fiorella állt, a másikon Karola, a szakácsnő.

Alacsony, kövérkés testét szűken fonta körbe a kötény. Haját kontyba fogta, fehér vászonsapkával fedte.

– Ne tessék engemet meghazudtolni, kérem – mondta, arca vörösödött.

Fiorella felháborodva körbenézett. Szövetségest keresett. Senki nem mozdult.

Milla és Róza szinte lábujjhegyen közelítette meg a helyét. Róza lesütötte a szemét. Milla viszont figyelt.

Fiorella észrevette.

– Nézd meg! Világosan megmondtam, csak gluténmentes ételt ehetek! Erre idetolja nekem ezt! – csattant fel.

– A dió gluténmentes – mondta Milla óvatosan.

Karola felsóhajtott.

– Ezt mondtam a művésznőnek – hadonászott. – A diós tésztát külön neki főztem.

Fiorella visszafordult hozzá.

– Értse már meg, maga csökött agyú némber, nem a dióval van a baj, hanem a tésztával! Ez maga szerint gluténmentes? Nem az. Ránézésre sem! – hajolt közelebb.

Karola hátrahőkölt.

– Énvelem ilyen pimaszul még senki nem beszélt – kapkodta a levegőt. – Attól, hogy magácska híresség, nincs joga hazugnak nevezni engemet.

Fiorella lecsapta a tányért a pultra. A porcelán nem tört el, de az étel fele a földre zuhant.

Egy pillanatra csend lett.

Az írónő lassan levegőt vett, majd lehalkította a hangját.

– Márpedig ez nem gluténmentes. Maga holnap új munkahelyet keres. Innen repülni fog. Erről gondoskodom.

Karola elsápadt. Megszólalt volna, de Fiorella nem várta meg.

Megfordult, és nagy léptekkel kiviharzott a teremből.

Néhány másodpercig senki nem mozdult.

Aztán Karola sírni kezdett, és eltűnt a konyhában.

Az írótáborosok csendben ettek tovább. Igyekeztek minél hamarabb végezni, és visszamenni az emeletre.

***

Zoé kérésére ebéd után a társaság a Parkettás Szalonból nyíló teraszon gyűlt össze. A hely árnyékban volt, védve a délutáni naptól. Az asztalok már vártak rájuk.

— Megdöbbentő, ami az írótársunkkal történt — kezdte Zoé. — Látom rajtatok, hogy szívből gyászoljátok, pedig alig fél napot töltött velünk.

Rövid szünetet tartott.

— Mindazonáltal az alkotó hétvégénk nem ért véget. Szeretném, ha visszatalálnátok a kreativitáshoz. Hoztam egy feladatot. Mindenkinél van toll és papír?

Milla azonnal felmutatta a drakulás füzetet. Vivi egy rózsaszín, szőrmeborítású naplót vett elő, hozzá illő, bojtos tollal. Róza és Era egyszerű jegyzetfüzetbe készült írni.

A férfiaknál nem volt papír. Laptopok nyíltak az asztalon.

— A digitális megoldás is megfelel — mondta Zoé. — Akkor a feladat: mindenki húzzon egy korongot ebből a vászontasakból.

A zsákot Fiorella felé nyújtotta.

Az írónő felhúzott szemöldökkel nézett rá, de Zoé állta a tekintetét.

— Mókásabb, ha a „tanáraink" is részt vesznek — tette hozzá.

Fiorella végül belenyúlt a zsákba, és kihúzott egy sárga korongot. Forgatta az ujjai között.

A tasak körbejárt.

Szilveszter rá sem nézett, úgy adta tovább. Nándor szó nélkül húzott egy kéket. Bálint belenézett, és kiválasztotta a zöldet.

— Ez csalás! — csattant fel Milla.

Bálint feltette a kezét.

– Elnézést. Valami férfias színt szerettem volna.

Nevetés futott végig az asztalon.

Vivi látványosan a mennyezetre nézett, úgy túrt bele a zsákba. Amikor meglátta a piros korongot, lebiggyesztette a száját.

Era vállat vont a fehér láttán.

Róza következett. A kezében rózsaszín villant.

– Azt én akartam! – nyafogta Vivi.

Milla is felsóhajtott.

– Nekem is ez tetszett volna – mondta, majd megnézte a sajátját. – De a lila sem rossz.

– A feladat egyszerű – folytatta Zoé. – Írjatok egy verset, amely a korongotok színéhez illő hangulatot tükrözi.

A lányok azonnal ötletelni kezdtek. A férfiak hallgattak.

Zoé számított erre.

– Lépjetek ki a komfortzónátokból. Nem kell tökéletesnek lennie. Engedjétek el magatokat.

– Mennyi időnk van? – kérdezte Bálint.

– Negyven perc – mondta Zoé. – Utána felolvasás.

Többen felhördültek.

– Írók lesztek – tette hozzá Zoé. – Nem a fióknak írtok. Itt biztonságban vagytok. Meghallgatjuk egymást. Véleményt csak akkor mondunk, ha kéritek.

Ez megnyugtatta őket.

Néhány percig csend volt. Mindenki a saját korongját nézte.

Aztán lassan írni kezdtek.

Szilveszter nem. Úgy érezte, rá ez nem vonatkozik. Felállt, és szó nélkül bement az épületbe a szárnyas üvegajtón át.

Zoé utána indult.

Fiorella eközben meglepően gyorsan munkához látott.

***

Zoé a főbejárat melletti teraszon talált rá Szilveszterre. A férfi épp rágyújtott. A táborvezető szó nélkül leült mellé.

Egy darabig csendben nézték a távoli dombokat.

Zoé szólalt meg először. Halkan, a tájat figyelve.

– Fiorella tönkre fog tenni.

Szilveszter bólintott. Várt. Amikor Zoé nem folytatta, rákérdezett:

– Kit? Téged, engem, vagy az íróiskolát?

– A sulit – mondta Zoé. – Évek óta építem. Az volt a célom, hogy segítsem azokat, akik írni akarnak. Én is így kezdtem. Írtam, de folyton kételkedtem. Nem volt senki, aki visszajelzett volna. Akkor még nem voltak íróiskolák. Az egyetemen lehetett irodalmat tanulni, de gyakorlati tudást ott sem adtak.

Megállt egy pillanatra.

– Ma már sok tanfolyam van. De az enyém más. Nem csak technikát adok. Lelki támogatást is. Önbizalmat.

A hangja elcsuklott.

– Hitet.

Elsírta magát.

– Nem bírom – mondta halkan.

Szilveszter egy pillanatig tétovázott, aztán felállt, és megsimogatta Zoé vállát. Kissé ügyetlenül.

Zoé felnézett rá. Meglepődött, de hálás volt.

Elmosolyodott.

– Nem titok, mennyit fizettek a résztvevők – folytatta. – Ebből fedezem a szállást, az étkezést, a tiszteletdíjakat.

Szilveszter tiltakozó mozdulatot tett, de Zoé leintette.

– Így helyes. A hétvégéteket áldozzátok erre. Kompenzálnom kell. Nem hatalmas összeg, de korrekt. Fiorella eddig elfogadta.

Szilveszter visszaült. Előrehajolt.

– Évek óta ismerjük egymást. Tisztelem, amit csinálsz. Tudod jól, ennek a töredékéért is eljöttem volna.

Zoé felsóhajtott.

– Tudom, és hálás vagyok.

Egy pillanatra lehunyta a szemét.

– Fiorella nem így gondolja. Többet akar. Négyszer annyit. Most. Amikor már zajlik a tábor.

Szilveszter felpattant.

– Ez a pofátlan tyúk!

– Megzsarolt – mondta Zoé. – Ha nem fizetek, elmegy. Itt hagy mindenkit.

Csend lett.

– Nélküle nem tudom végigcsinálni – folytatta. – A résztvevők miatta jöttek. Ki kell fizetnem. De akkor lehúzhatom a rolót.

Szilveszter ismét megsimította a vállát.

– Ne aggódj. Kitalálunk valamit.

***

Zoé telefonján jelzett az időzítő. Letelt a negyven perc. Elindult a terasz felé, Szilveszter vele tartott.

– Sikerült teljesíteni a feladatot? – nézett végig a társaságon.

Többen bólogattak. Néhányan még az utolsó simításokat végezték.

– Ki kezdi a felolvasást?

Senki nem jelentkezett.

Zoé a szélen ülő Millára nézett.

– Menjünk sorban. Kezdjük veled.

Milla lazán bólintott.

– A színem a lila – mutatta fel a korongot. – A versem címe: *Lila alkony.*

Lila csend ül a fák ágán,
Selymes, puha égi fátyol,
Álmodozó város némán
Utcák tengerében táncol.

Elmém gyógyító feledést,
Ajkam álmot látón issza,
Lila álom, halk lebegést
Gyermekkorom hozza vissza.

A többiek lelkesen tapsoltak.

Róza következett.

– Nálam a rózsaszín landolt – mondta. – Romantikus hangulatot képzeltem el. Rövid lett. Nem vagyok jó a szerelmes versekben. A címe: *Rózsaszín dobbanás.*

Rózsa a szín, melyhez arcod
Arcom simítását tartom.
Szívem mélyén,
Lelkem kérgén,
Ott vársz rám a világ végén.

Ismét taps.

– Nem baj, ha rövid – mondta Zoé. – A hangulat a lényeg. Era?

– Fehéret húztam – mondta a nő. – Tudom, mindenki a nyarat várja, de nekem a fehérről a hó jutott eszembe.

Puha fehérség ül a tájon,
Jégcsap csillanás minden ágon.
Csend az ünnep,
Lágy a dallam,
Fehérség száll minden dalban.

Hómezőre szelíd harang,
Lépteidben ropog a hang.
Bent a gyertya,
Kint a fenyő,
Fahéj illat száll ma elő.

Ma a szél is neked mesél,
Száll a szava, mint a levél.
Örülj, táncolj,
Szeress, lángolj,
Ünnepel az itt, s a távol.

Újabb taps.

– Látszik, hogy sok verset írsz – mondta Zoé. – Ez már ujjgyakorlat.

Era elpirult, mosolygott, de nem szólt.

Vivi következett.

– Piros korong – mondta. – Először a szerelemre gondoltam, de a vérvörös ugrott be. Furcsa... nálam is megjelenik a hó. Eskü, nem beszéltünk össze Erával.

A hó alá lassan szivárgó vér,
piros csík rajzolja, merre léptél.
A csend figyel. Túl sűrű, túl mély.
Beléd eszi magát az éj.

A társaság elismerően tapsolt.

– Gondoltad volna, hogy tud verset írni? – hajolt Milla Rózához.

– Ez a lány folyamatosan meglep – súgta vissza Róza.

Bálint következett.

Zöld az erdő, zöld a rét,
minden fűszál benned él.
Madár dalol fák ágán,
Boldog minden föld hátán.

Gyér taps.

– Tudom, béna lett – mondta.

Kitört a nevetés.

Nándor következett.

– Hasonlóan szép verset írtam – mondta vidáman. – A színem kék volt.

Kék az ég és kék a víz,
Kék az ujjam, mind a tíz.
Átfázott már mindenem,
Szaladj haza énvelem.

– Ez meggyőző volt – mondta Zoé. – Köszönöm mindenkinek. Tartsunk egy kávészünetet, utána folytatjuk.

– Várjatok! – szólt Fiorella.

Mindenki felé fordult.

– Nálam van a sárga korong. Szeretném én is felolvasni.

Zoé bólintott.

– Természetesen.

Fiorella kihúzta magát.

– A versem címe: *Tudom, mit tettél tegnap este.*

A címnél többen felkapták a fejüket.

Láttam, amit más nem látott,
Vér, sikoly, csend, kézen fogva,
A halála nem játék volt,
Sorsunk immár összefonva.

Megbocsájtást bár nem nyerhetsz,
Megőrzöm immár a titkod,
Nyugalomra nálam lelhetsz,

Két kezembe adod sorsod.

Nyilatkozz hát, tárd fel szíved,
Én vagyok most az a cinkos,
Célod ezzel el is éred,
Nem tudja meg, ki a gyilkos.

Csend lett.

Néhányan bizonytalanul tapsolni kezdtek, nem tudták, most ez a helyes reakció.

Az írótábor tagjai kerülték egymás tekintetét. Nem erre számítottak. Sebes Flórától végképp nem.

Végül valaki halkan megköszörülte a torkát, a hang visszahozta őket a teraszra. A beszélgetések lassan újraindultak, óvatosan, a témát kerülgetve.

A vers szokatlan hangvételét többen azzal magyarázták maguknak, hogy Fiorella komolyan vette a feladatot, és kilépett a komfortzónájából.

Ketten azonban nem tudtak ilyen könnyen túllépni rajta.

Elgondolkodva ültek, a sorok értelmét ízlelgetve.

Nem tudták, hogy a másik is ugyanerre gondol.

***

A kávészünet után ismét a Wattay Szalonban gyűltek össze. Ezúttal Fiorella és Szilveszter nem jelent meg.

— Izgalmas feladattal készültem — kezdte Zoé.

— Ebben senki sem kételkedik — vigyorgott Milla. — Eddig

is élveztük a ránk szabott munkákat.

– Manifesztációs táblát fogtok készíteni – folytatta Zoé.

A táborosok egymásra néztek. Többen nem tudták, mit jelent a kifejezés, de Zoé azonnal magyarázni kezdett.

– Álomtábla, más néven vágytábla. Olyan eszköz, amely segít tisztázni és elérni a céljainkat. Általában képeket használnak, de most szavakkal és mondatokkal dolgozunk.

Figyelmesen hallgatták, de még nem volt teljesen világos a feladat.

– Tekinthettek rá iránytűként – folytatta Zoé. – Gyűjtsétek össze minden vágyatokat, álmotokat, amit szeretnétek megvalósítani. Lehet íráshoz kapcsolódó, de nem kötelező. Írhattok egészségről, családról, barátokról vagy pénzről. Merjetek nagyot álmodni.

Milla intett.

– És ha én nem hiszek az ilyen spirituális dolgokban?

– Akkor tekints rá írói gyakorlatként – válaszolta Zoé. – A lényeg, hogy rendezetten és érthetően fogalmazd meg a gondolataidat.

– Erről már hallottam – lelkesedett Vivi. – Én hiszek benne. Minél részletesebben képzeled el a vágyaidat, annál jobban működik. Izgi!

– Mondta a lány, akinek a véleményét senki nem kérdezte – morogta Milla, de csak Róza hallotta.

Zoé kiosztotta a kartonlapokat, majd megkérte őket, hogy vacsora előtt egy órával térjenek vissza, és beszéljék át a listákat.

Era és Nándor a szobájuk felé indultak. Vivi meglepő

módon egyedül akart dolgozni, és a Díszterem felé vette az irányt. Bálint látványosan megkönnyebbült.

Milla és Róza a terasz felé mentek, de ők is külön dolgoztak. A feladat túlságosan személyes volt ahhoz, hogy megbeszéljék.

Délután ötkor ismét a szalonban ültek. Szilveszter is megérkezett.

Zoé elégedetten nézett végig rajtuk. Szinte mindenki teleírta a kartonlapját.

– Milla, kezdenéd?

– Híres krimiíróvá válni. Egy gyerek Artúrtól, esküvő nem feltétel. Amerikai utazás. Példaképem, Jessica Fletcher házának megtekintése. Több saját krimi-regény megírása, amelyek bestsellerek lesznek és meghozzák az országos ismertséget. Menő könyvkiadóval hosszú távú együttműködés. Országos dedikáló körút, író-olvasó találkozók – sorolta egy szuszra.

A többiek elismerően néztek rá.

– Nem elég részletes. Nem fog működni – jegyezte meg Vivi.

– Majd meglátjuk néhány év múlva – vágott vissza Milla.

Vivi már válaszolt volna, de Zoé közbeszólt.

– Pontokba szedve is teljesen rendben van. Nem állítottunk fel szabályokat.

Milla hálásan mosolygott rá.

– A díszítések külön tetszenek – tette hozzá Zoé. – Kérlek, emeld fel, hogy mindenki lássa.

Milla felállt, és büszke mosollyal magyarázni kezdett a tábláról.

– Szenvedélyem a scrapbookozás. Rengeteg matricám van, szeretem feldobni velük az írásaimat, jelen esetben az álomtáblámat. Sejtelmem sem volt, hogy ilyen feladatot kapunk, de ezek szerint jól tettem, hogy Budakalászon bevásároltam – küldött egy „ugye, igazam volt?" pillantást Róza felé.

Barátnője hitetlenkedve felnevetett.

Zoé kérésére Róza is felmutatta a saját listáját.

– Sajnos én is vázlatpontokba szedve írtam le a vágyaimat – mondta. – Esküvő Zsomborral, ő a barátom. Nászútra Afrikába mennénk, és három gyereket szeretnék tőle öt éven belül.

Ezen a ponton meg kellett állnia egy pillanatra, mert Milla olyan hangot hallatott, amit nem lehetett figyelmen kívül hagyni. Lehetett „mi van?", de inkább „nekem ezt eddig miért nem mondtad?", sőt akár „te megőrültél?".

Róza végül nem reagált, inkább folytatta.

– Azt mondtátok, merjek nagyot álmodni. Felírtam azt is, hogy tíz év múlva bankigazgató szeretnék lenni. Negyvenévesen lefutom a maratont.

– Írással kapcsolatos dolgot is feljegyeztél? – kérdezte Zoé.

– Ha a fentiek mellett belefér az időmbe, írnék egy könyvet az egészséges életmódról, edzéstervekkel és receptekkel. Nagy álmom még egy saját kert. Talán egy kertészkedésről szóló könyvet is kiadok – zárta le, majd átadta a szót Erának.

– A legnagyobb vágyam egy boldog párkapcsolat a szerelmemmel – kezdte Era. – Egy bájos tóparti házban élnénk, messze a várostól. Csak ketten. A stégen verseket írunk a szerelemről. Ő elszakad a rivaldafénytől, nyugalomra vágyik. A naplementét a teraszról nézzük, átölelve egymást. Szenvedélyesen csókolózunk. Együtt főzzük az ebédet. A kutyáinkkal nagyokat sétálunk az erdőben.

Egy hosszú sóhajjal fejezte be.

– Nemes tervek. Kívánom, hogy mielőbb megvalósuljanak – mondta Zoé.

Era hálásan mosolygott.

Nándor következett.

– Maximálisan hiszek benne, hogy a manifesztációs táblámra írt tervek valóra válnak. Erősen kell kívánni a sikert. Érzem, hogy végre felfedeznek. Kilépek a háttérből. Ismert lesz a nevem. Interjúkat adok, a véleményemet kérik. A szakma megbecsült tekintélye leszek. A magánéletem is rendeződik, belém szeret a szomszéd lány.

A többiek komolyan hallgatták.

– Fiorella eltűnik az életemből – tette hozzá.

Felkapták a fejüket.

Milla azonnal jegyzetelni kezdett.

A többiek Nándort figyelték, de ő rájuk sem nézett.

– Mégis mi bajod Flórával? – fakadt ki Era. – Áldott jó lélek, miért kell folyton támadnod?

– Semmit sem tudsz az életemről – mondta Nándor halkan.

– Lehet. De Fiorelláról sokat tudok. Eleget ahhoz, hogy megvédjem.

Nándor legyintett. Era elfordult.

Zoé nem erőltette a vitát. Inkább Bálint felé fordult.

– Nem igazán hiszek az ilyen dolgokban – kezdte a fiú –, de jó mókának tűnt. Először befejezem a főiskolát. Aztán a fantasy regényemet, amin hónapok óta dolgozom. Szeretnék egy belvárosi lakást, egy gyönyörű lánnyal. Imádnánk egymást, a barátaim irigykednének.

Vivi mosolygott.

– Lenne egy közös cicánk. Sokat utaznánk, és szexelnénk – fejezte be Bálint.

– Ki vigyáz a cicára, amíg utazgatunk... akarom mondani, te utazgatsz a pároddal? – kérdezte Vivi, észbe kapva.

– Megoldom – felelte a fiú.

Vivi félrebillentett fejjel pislogott rá. Bálint visszamosolygott. A lány felvihogott, majd belekezdett a saját listájába.

– Egy éven belül az influenszer toplista első helyére kerülök. Minden kozmetikai márka engem akar. Menő ajándékokat kapok. Eddig is így volt, de most még értékesebbek jönnek. A magánéletben is sikerem lesz. Egy B betűs fiúval hatalmas szerelem szövődik – mondta sejtelmesen.

Milla észrevette, hogy maradt még valami a táblán.

– Miért nem olvasod fel az egészet?

Vivi megdermedt. Megpróbálta eltakarni, de már késő volt.

– Rendben. Azt írtam, hogy Fiorella lelép a színről. Kiég. Nem tud több könyvet írni. Senki nem kíváncsi rá. Féltékeny lesz, és bánni fogja, hogy átgázolt a lelkemen.

A hangja elvékonyodott.

– Negatív kijelentéseket nem érdemes írni – mondta halkan Zoé. – Visszafelé sülhet el.

Vivi vállat vont.

Era elvörösödött.

Milla feszülten figyelte Nándor reakcióját. A férfi elkapta a tekintetét.

Zoé lezárta a foglalkozást.

– A vacsora a szokásos időben lesz. Mivel ez az utolsó esténk, szeretném, ha emlékezetes lenne.

– Történt egy haláleset – szólt közbe Nándor. – Mi lehet ennél emlékezetesebb?

Zoé elhúzta a száját.

– Nem így értettem. Mindannyian le vagyunk sújtva. De próbáljunk az írásra koncentrálni. Ezért jöttetek.

Körbenézett. A többiek bólintottak.

– Vacsora után a Wattay Szalonban várlak benneteket.

***

A furcsa workshop után fojtogató légkörben telt a vacsora. A hosszú asztalnál ösztönösen üresen hagyták a Tanár helyét. A szék nyomasztóan hatott rájuk. Halott írótársuk járt az eszükben. Kivéve egyikőjüket.

Milla és Róza egymással szemben ültek. Melléjük Bálint és Vivi, a másik oldalra Zoé és Era telepedett. Nándor és Szilveszter az asztal végén foglaltak helyet.

Karola, a szakácsnő szolgálta fel a vacsorát. Az ebédnél történteken láthatóan túltette magát. Mosolyogva forgolódott a szótlan vendégek között.

– Szedjenek bátran, aranyoskáim – mondta vidáman, tudomást sem véve a komor hangulatról. – Az egyik specialitásomat készítettem: borzas csirkemellet, egy kis csavarral. Jó étvágyat!

– Reméljük, nem hatlapfejű részmenetes... mármint a csavar – poénkodott Szilveszter. Senki nem nevetett.

Sorban szedtek, és csendben enni kezdtek.

Néhány perc múlva Vivi körbenézett.

– Ne legyetek már ennyire búval béleltek. Ez az utolsó esténk. Dobjuk fel a hangulatot!

– Az egyik írótársunk meghalt – mondta csendesen Zoé. – Érthető, ha szomorúak vagyunk.

Vivi Bálinthoz fordult.

– Menjünk bulizni. Attól jobban leszünk. Ugye jössz?

Bálint bekapta a villáján lévő falatot, lassan megrágta. Nem nézett rá.

Vivi az asztalon dobolt a körmével, kivárta.

Bálint végül felé fordult.

– Ne haragudj. Ma nincs kedvem. Fáradt vagyok.

Vivi lebiggyesztette az ajkát.

– Nyuggerek vagytok – mondta. – Akkor maradnak a követőim.

Elővette a telefonját, és hevesen pötyögni kezdett.

Milla közben többször a bejárat felé nézett, majd Rózára

pillantott.

– Mi a baj? – tátogta Róza.

– Hol van Fiorella? – kérdezte Milla ugyanígy.

Róza vállat vont.

– Örülj neki. Legalább nem veszekszik Karolával – mondta már hangosan.

Zoé azonnal odakapta a fejét.

– Ti is hiányoljátok Flórát? Nem szólt, hova megy?

Milla és Róza megrázták a fejüket.

– A szobájából láttam kijönni – mondta Milla. – Azt hittem, ide jön.

Zoé lecsapta a villáját.

– Elnézést – mondta, és felpattant.

Gyors léptekkel átvágott a termen, majd kisietett a Lovagteremből. Hívta a liftet, de nem várta meg. Inkább a lépcső felé fordult, és kettesével szedte a fokokat.

A földszinten átvágott a hallon, és kilépett a teraszra. Már szinte futott.

– Nem, ezt nem teheti velem... Nem hagyhat cserben – ismételgette.

Átrohant a murvás előkerten, le a lépcsőn. A szökőkúthoz érve belátta az egész parkolót. Körbenézett, majd megkönnyebbülten kifújta a levegőt.

– Itt van a kocsija. Nem lehet messze.

Elővette a telefonját, és újra hívta Fiorellát.

Az utóbbi fél órában már tizenkettedszer.

Ezúttal sem kapott választ.

***

Fiorella idegesen járkált fel-alá a szobájában. Felkapta a telefonját, tárcsázni kezdett, de mielőtt megnyomta volna a zöld hívógombot, megtorpant. Néhány másodpercig a kijelzőt bámulta, aztán az ágyra hajította a készüléket, és újra járkálni kezdett.

Az ablakhoz lépett, kinyitotta, és kinézett a park felé. A következő pillanatban ingerülten visszacsapta a tetőtéri ablakot, majd a sötétítő függönyt is megpróbálta behúzni. Nem járt sikerrel. Pár erősebb rántás után feladta, és inkább a fürdőszoba felé indult.

Megnyitotta a csapot, és hideg vizet engedett a csuklójára. Ez valamennyire lehűtötte. Amikor elzárta a vizet, kaparászó hang ütötte meg a fülét.

Dermedten hallgatózott, majd gyorsan megtörölte a kezét a fogason lógó törölközőben. Résnyire nyitotta a fürdőszoba ajtaját, és kilesett. Azonnal elpirult a saját gyávaságán, ugyanakkor nem tudta megmagyarázni azt a baljós érzést, amely makacsul ott motoszkált benne.

Végignézett a szobán. Nem látott semmit. Megrázta a fejét, kilépett a fürdőből.

– Szedd már össze magad – mormogta félhangosan.

Ekkor vette észre.

A rossz érzés azonnal visszatért, most már pánikkal együtt.

Leroskadt az ágy szélére. Az ajtó alatti résen valaki becsúsztatott egy papírlapot.

Felállt, lassan odament a bejárathoz, és felvette. Kissé remegő kézzel hajtogatta szét, bár már előre sejtette, mi áll benne.

„Találkozzunk a mínusz egyen. Most."

Csupán ennyi.

Elmosolyodott.

Visszaült az ágyra, és fejben lejátszotta a lehetséges forgatókönyvet. Végül úgy döntött, hagyja, hogy az események a maguk útján haladjanak. Más választása nem is volt — a levél szerint azonnal indulnia kellett.

Szája sarkában győztes mosoly jelent meg. Felállt, az előszobai tükörhöz lépett, és ellenőrizte a sminkjét, a frizuráját, a ruháját. Tökéletes volt, mint mindig.

Ezután kivette a régimódi kulcsot a zárból. A karikán egy ovális rézlap függött: Teleki—Wattay Kastélyszálló, 103.

Kilépett az ajtón. Senki nem járt az emeleten.

Kihúzta magát, és végigvonult a folyosón, mint egy ügyvezető igazgató, aki élete legfontosabb szerződésére készül. Nem állt messze az igazságtól.

A lifthez érve egy pillanatra elbizonytalanodott, lépcsőn menjen-e, vagy hívja a felvonót. Végül a lift mellett döntött. A tükröződő üvegben nézegette magát, amikor a halk pittyenés jelezte, hogy megérkezett.

Beszállt a tükrös, puha szőnyeggel borított fülkébe, és megnyomta a „P" gombot, amely mellett az „Étterem, Kamaraterem, Stúdió" felirat állt.

Az alagsorban az ajtó halkan kinyílt. Fiorella határozott

léptekkel kilépett az előtérbe, jobbra, majd balra nézett, de senkit sem látott.

A lovagterem végében, a konyhában a személyzet sürgölődött. A másik irányban sötét folyosó húzódott, innen nyílt a boltíves nagyterem, ahol az esküvői vacsorákat tartották.

Tanácstalanul körbenézett.

Ekkor nyikorgás hallatszott.

A lift mögül. Pontosabban a mellette lévő beugró felől, ahol egy ajtó nyílt. Ez eddig fel sem tűnt neki.

A rész félhomályba burkolózott, egyetlen lámpa sem égett. Valószínűleg személyzeti helyiségek lehettek, elrejtve a vendégek szeme elől.

Újra hallotta a csikorgó hangot. Most már azt is látta, hogy az ajtó résnyire kinyílik.

Elindult a jelzett irányba.

A falon egy tábla jelezte: mozgáskorlátozott mellékhelyiség.

Ahogy közelebb ért, dohos szag csapta meg, és a levegő is érezhetően nyirkosabb lett.

Kinyitotta az ajtót, de odabent teljes sötétség fogadta. Kitapogatta a villanykapcsolót, és felkapcsolta a lámpát.

A helyiségből három további ajtó nyílt.

Mozgás azonban egyik mögül sem hallatszott.

Elbizonytalanodva hátralépett a folyosó felé.

Ekkor két határozott koppanás hallatszott.

Ez már nem hagyott kétséget.

Fiorella visszalépett a szűk előtérbe, és benyitott a hozzá legközelebb eső ajtón.

Amit ott talált, arra egyáltalán nem számított.

***

Vacsora után az írótáborosok kisebb csoportokra szakadva készülődtek az esti programra. Millát nem hagyta nyugodni a kíváncsiság: hová tűnt Fiorella? Újra és újra visszatért hozzá a gondolat.

– Van hullámcsatod? – kérdezte Rózától, amikor a földszinti folyosóra értek.

A barátnője értetlenül nézett rá.

– A négy centis hajadhoz?

Milla egy pillanatra habozott.

– Ki kellene szednem a SIM-kártyát a telefonomból – mondta végül, kissé feszültebben, mint szerette volna.

Utált hazudni, főleg Rózának. Most mégis muszáj volt. Nem akarta, hogy a barátnője belekeveredjen.

– Harapós vagy – sértődött meg Róza. – Egyébként a recepción biztosan van gemkapocs, az is megteszi.

– Köszi – bólintott Milla, és már indult is a pult felé.

Róza utána nézett, még mindig kissé duzzogva, aztán vállat vont.

Ekkor Era lépett mellé. Róza gyorsan mosolyt erőltetett az arcára.

– Kiülünk borozni? – kérdezte.

Era bólintott, de amikor észrevette, hogy Nándor is a teraszt felé tart, azonnal visszafordult.

– Adj neki egy esélyt – mondta Róza, és finoman megfogta a karját.

Era először tiltakozott, aztán egy „jó, legyen" sóhajjal hagyta magát Nándor után húzni.

***

Róza, Era és Nándor az egyik kör alakú asztalhoz ültek, és mindhárman rendeltek egy pohár bort.

– Hol dolgoztok? – kezdeményezte a beszélgetést Róza.

Era Nándorra nézett, jelezve, hogy kezdje ő.

– Édesanyám évek óta betegeskedett. Folyamatos felügyeletre szorult, ezért olyan munkát kellett keresnem, amit otthonról is tudok végezni.

Egy pillanatra elhallgatott. Mérlegelte, mennyit mondjon el.

– Egyke vagyok, anyukám egyedül nevelt fel. Rengeteget áldozott értem. Folyton dolgozott, túlórázott, mellékállásokat vállalt, hogy semmiben ne szenvedjek hiányt. Jól tanultam, egyenes út vezetett az egyetemre. Azt is ő finanszírozta, hogy Pestre költözhessek. Később, amikor már dolgoztam, én tudtam őt segíteni.

Róza és Era csendben hallgatták.

– Öt évvel ezelőtt agyvérzést kapott. A jobb oldala teljesen lebénult. Haza kellett költöznöm, hogy ápolhassam. Akkor már együtt éltem valakivel, de ő nem tudta elfogadni, hogy anyámat választottam. Szakítottunk.

– Sajnálom – mondta halkan Róza.

– Nem bántam meg a döntést – rázta meg a fejét Nándor. – Igaz, most nincs párkapcsolatom, de úgy érzem, nemsokára rám talál az igazi.

– Édesanyád jobban van? – kérdezte Era óvatosan.

Nándor keserűen felnevetett.

– Így is lehet mondani. Négy hónapja meghalt.

Róza és Era szinte egyszerre fejezték ki részvétüket. Nándor megnyugtatta őket, hogy lelkileg rendben van.

– És ti mivel foglalkoztok? – terelte el végül a szót.

– Könyvtáros vagyok – válaszolta Era.

– Menő munka – bólintott Róza.

Era lemondóan legyintett.

– Pusztanádason ez nem számít annak. Apró város, apró könyvtár, és alig olvas valaki. Egyhangúan telnek a napjaim. Munka után üres ház vár... néha egészen elviselhetetlenül magányos.

Róza együttérzően végigsimított a karján.

– Mesélj inkább magadról. Milyen az élet a fővárosban? – kérdezte Era halvány mosollyal.

– Panelban lakunk – vont vállat Róza. – Néha irigylem a vidéki életet. Egy kert, nyári esték, bográcsozás... annak megvan a hangulata.

– Millát hol ismerted meg? – kérdezte Nándor.

– Több közös hobbi köt össze minket – válaszolta Róza. – A zumba és az írás. Egy kerületi írókörben találkoztunk, aztán már edzésre is együtt jártunk.

Elmosolyodott.

– Mesélnék még, de Zoé vár minket az esti workshopra.

Kiitták a maradék bort, majd elindultak a szárnyas ajtók felé.

Róza csak később, visszagondolva jött rá, hogy Nándor végül nem árulta el, mivel foglalkozik.

***

Eközben a recepciónál Milla gemkapcsot kért Ádámtól. A fiú készségesen nyújtotta át a fekete fémhálós tartót. Milla kivett belőle néhányat, zsebre vágta, majd megköszönte, és elindult az emeleti szobák felé.

Aztán hirtelen visszafordult.

– Az írónő leadta a szobakulcsát? – kérdezte.

Ádám egy pillanatra elbizonytalanodott. Nem volt benne biztos, hogy kiadhat-e ilyen információt a vendégekről.

– Ugyan már, egy csapat vagyunk – mosolygott Milla. – Az írótáborosok szinte szektaként tartanak össze.

Ez nem győzte meg teljesen a fiút. Inkább az futott át az agyán, hogy ha valóban ennyire összetartanak, miért tőle kérdezi.

Milla nem hagyott időt a mérlegelésre.

– Rendben, akkor megkérdezem Zoét – mondta, és tettetett sértődöttséggel hátat fordított.

Ádám megadóan felsóhajtott.

– Nem – szólt a lány után.

Milla félfordulatból még visszanézett, majd egy könnyed

„köszi!"-vel elindult a lift felé, arcán győztes mosollyal.

Ádám összehúzott szemmel figyelte.

***

Milla szétfeszegette az egyik gemkapcsot. A százhármas szoba ajtaja előtt megállt, és fülelt. A folyosó csendes volt.

Leguggolt, és a drót kampós végével próbálta megpiszkálni a zárat, ahogy a filmekben látta, de nem boldogult. A szerkezet meg sem mozdult. Néhány perc kínlódás után dühösen megrángatta a kilincset.

Legnagyobb meglepetésére az ajtó kinyílt.

Milla megdöbbent. Egy pillanatig mozdulni sem mert, aztán felállt, és óvatosan szélesebbre tárta az ajtót. Bekoppantott a körmével.

— Van itt valaki? — kérdezte félhangosan.

Nem érkezett válasz.

Belépett. Az előszobában félhomály uralkodott. Felkapcsolta a villanyt, és körülnézett. Kinyitotta a szekrényt: Fiorella ruhái rendezetten sorakoztak a vállfákon.

A csaj még itt van valahol — futott át rajta.

Visszacsukta a gardróbot, és a szobában kezdett kutakodni. Halkan mozgott, közben folyamatosan a folyosó zajaira figyelt.

Remélem, nem most jön vissza.

Az ágy gondosan meg volt vetve, a takaró kisimítva. A fürdőszobában is példás rend fogadta: a tisztálkodási és szépségápolási holmik katonás sorban álltak. Az írónő láthatóan csúcsmárkás termékeket használt, és vigyázott is rájuk.

Milla visszafordult, és az ablakhoz lépett. Nyugtalanította, hogy minden ennyire rendben van. Túlságosan is.

Összehúzott szemmel nézett ki a parkra. A hátsó parkolóban csak a személyzeti furgonok álltak. Errefelé kevesen jártak; a vendégek inkább a főbejárat előtti parkot használták.

Néhány percig elgondolkodva bámészkodott, majd hirtelen megmerevedett.

Hangok a háta mögött.

Valaki kulcsot dugott a zárba, és próbálta elfordítani.

Milla azonnal hasra vetette magát a franciaágy mellett. Megpróbált a fekhely alá kúszni, de nem fért be. Szájára szorított kézzel várta, mi történik.

Az ajtó kinyílt.

Léptek közeledtek.

Hideg pánik futott végig rajta.

— Kisasszony, elég a bohóckodásból — szólalt meg egy mély hang közvetlenül fölötte.

Milla szégyenkezve tápászkodott fel. A menedzser állt előtte.

— Fáradjon velem. Erről tájékoztatnom kell a hatóságokat — mondta szigorúan.

A lány ekkor rémült meg igazán.

— Nem csináltam semmi rosszat — hadarta. — Az írónőt kerestem. Nem nyúltam semmihez, esküszöm!

Ekkor vette észre az asztal alsó polcán Fiorella telefonját. Pontosan a férfi mögött.

A menedzser nem foglalkozott vele, továbbra is komoran ismételgette, hogy kötelessége intézkedni.

Milla dühbe gurult.

— Akkor én is beszámolok arról, hogy elveszett a királykulcs — vágott vissza. — Meglátjuk, mit szólnak ahhoz, hogy sem a vendégek testi épsége, sem a vagyontárgyak nincsenek biztonságban.

A férfi egy pillanatra elhallgatott. Úgy tűnt, mindjárt a torkának ugrik. Végül jeges hangon szólalt meg:

— Zárom a szobát.

Sarkon fordult, és elindult a folyosó felé.

Milla bűnbánó képet vágva követte.

***

— Nőj már fel végre! — veszekedett Róza, amikor Milla elmesélte neki az esetet. — Kordában kell tartanod a beteges kíváncsiságodat.

— De eltűnt! — védekezett Milla.

— Akkor sem törhetsz be csak úgy mások szobájába.

— Tudom, de tennem kellett valamit.

— Nagyobb bajba is kerülhettél volna — csóválta a fejét Róza.

Milla erre elvigyorodott.

— Láttam a mobilját — jelentette ki büszkén. — A szobában hagyta.

– Fogadjunk, hogy el akartad csenni!

– Szándékomban volt, de László esélyt sem adott. Amúgy sem fontos – legyintett Milla. – A lényeg, hogy Fiorella nem lehet messze.

Róza elgondolkodott.

– Flóra állandóan magánál tartotta a telefonját. Hallottam, amikor Zoénak magyarázta, hogy a pasijától kapta, és folyamatosan üzengetnek rajta. A legújabb, legdrágább modell.

Milla elkerekedő szemmel nézett rá.

– Akkor vagy kapkodva, vagy nem önszántából távozott.

***

Hét órakor Zoé kérésének megfelelően a Wattay Szalonban gyűlt össze a társaság. Nyolcan maradtak: Zoé, a táborvezető, Szilveszter, a híres író, a titokban szellemíróként dolgozó Nándor, a két barátnő, Milla és Róza, a Fiorellát hiányoló Era, valamint a „gerlepár" – ahogy Milla gúnyosan nevezte őket – Vivi és Bálint.

Zoé igyekezett kihozni az utolsó estéből a legtöbbet. Megállt a társaság előtt, és ismertette az aznapi kreatív feladatot.

– Válasszatok egy irodalmi személyt vagy regényszereplőt. Lehet a kedvencetek, vagy épp az ellenkezője. A lényeg, hogy E/1-ben beszéljetek róla. Bújjatok a bőrébe, azonosuljatok vele. Írjátok le a jellemző tulajdonságait, és mutassátok be nekünk. A többiek feladata, hogy kitalálják, kire gondoltatok.

Az írótáborosok szeme felcsillant. A nyomott hangulatot

izgatott mocorgás váltotta fel.

– Dolgozhatunk párokban is? – kérdezte Milla.

– Természetesen, ahogy tetszik – mosolygott Zoé. – Nyolckor találkozunk, ugyanitt.

Az írótáborosok még néhány percig tanácstalanul latolgatták, hol lenne a legjobb dolgozni. Milla és Róza nem haboztak sokáig. Kisétáltak a kertbe.

– Jessica Fletcher szeretnék lenni a Gyilkos sorokból – jelentette ki Milla. – Ő a példaképem. Pont azt az életet éli, amit én is szeretnék: krimiket ír, és pompásan megél belőle. Konferenciákra jár, dedikál, utazgat. Gyakorlatilag fizetnek neki azért, hogy kíváncsi legyen. Irigylem.

– Akkor is, ha bárhova megy, gyilkosságba botlik? – kuncogott Róza.

– Azt az egy apró kellemetlenséget nem – komorult el Milla. – Egyébként is irodalmi személyt kell választani, nem filmszereplőt.

– Párban legyünk?

– Váljunk szét. Egyedül jobban tudok fókuszálni.

– Menj a játszótérre – javasolta Milla. – Én a zeneiskolához ülök ki.

***

Nyolc előtt már majdnem mindenki a Wattay Szalon kör alakban elrendezett székein ült. Kivéve Fiorellát, aki a vacsorán sem jelent meg.

Zoé érkezett utoljára. Idegesnek tűnt. Szilveszterhez fordult, és fojtott hangon megkérdezte:

– Nem láttad Flórát? Nincs a szobájában.

Szilveszter vállat vont.

– Nekem ugyan nem hiányzik. Valószínűleg a városba ment vásárolgatni. Ez a mániája.

Zoét nem nyugtatta meg a válasz.

– Itt a kocsija a parkolóban. Ellenőriztem.

Szilveszter széttárta a karját.

– Passz. Akkor elment sétálni. Vagy találkozott valakivel. Majd előkerül.

Zoé végül úgy döntött, nem vár Fiorellára, elkezdi a betervezett programot.

– Nándor, kérlek, kezdd el a bemutatkozást. Mi pedig megpróbáljuk kitalálni, kinek a bőrébe bújtál.

Nándor felállt, végigsimított az ingén. A laza programok ellenére mindig ilyet viselt. Milla azon tűnődött, hozott-e útivasalót, mert az inge minden alkalommal gyűrődésmentes volt.

– Gyilkosság történt. Rám bízták a titok felderítését, bár a foglalkozásomnak semmi köze a bűnüldözéshez. Egy fiatal nővel járom végig Európa több helyszínét, követve a nyomokat.

Megállt, felnézett.

– Valami tipp?

– Ennyi infóból még baromi nehéz – nyafogott Vivi.

– Aki rosszat mond, kiesik – szólt közbe Zoé. – Kérdezni

lehet.

Nándor várt pár másodpercet, de senki nem szólalt meg.

— Nem is nyomok, inkább rejtvények. Több híres embert is érintenek: Newtont, Jézus Krisztust, Leonardo...

— *Da Vinci-kód*! — kiáltott fel Bálint. — Dan Brown.

— Bravo — mondta Nándor. — De pontosan ki vagyok?

— Robert Langdon — válaszolta Bálint.

— Úgy van.

A többiek is gratuláltak. Vivi duzzogva ült.

— A filmet én is láttam — mondta. — Majdnem kitaláltam.

— De csak majdnem — jegyezte meg Milla.

Vivi gyilkos pillantást vetett rá, de Milla nem törődött vele.

Zoé Bálint felé fordult.

— Ügyes volt. Nézzük a tied.

Bálint felállt.

— Több regénynek vagyok a főszereplője. A nevem jelentése: Égő víz. Vadembernek tartanak, pedig csak a népem szabadságáért harcolok.

— Törzshöz tartozol? — kérdezte Szilveszter.

— Igen. Én vagyok a törzsfőnök.

— Fekete a bőröd? — kérdezte Era.

— Nem.

— Csak igen—nem kérdések — szólt közbe Zoé.

— Amerikában élek, a vadnyugaton — folytatta Bálint. — Ha segít: rézbőrű vagyok.

— Indián! — kiáltott fel Róza.

— De melyik? — mosolygott Bálint.

– Winnetou! – vágta rá Vivi.

Most tényleg eltalálta. Felpattant, és Bálint nyakába ugrott. A fiú mosolyogva tűrte egy darabig, aztán finoman lefejtette magáról.

Zoé intett.

– Vivi, te jössz.

– Egy szerelmi történet főszereplője vagyok – kezdte. – A családunk ellenzi a kapcsolatunkat. Sőt, az egész város. Két táborra szakadtak. Mindenki a vesztünket akarja. Pedig a miénk a legerősebb szerelem a világon. Meghalnánk egymásért... és meg is halunk.

– *Rómeó és Júlia.* Te Júlia vagy – mondta Milla, egy vállrándítással.

Vivi felháborodva nézett rá. Láthatóan még folytatta volna, de már késő volt. Duzzogva ült vissza. A többiek megtapsolták.

– Milla – szólt Zoé.

– Egy különc nyomozó vagyok – kezdte. – Hiú, és kényes a külsejére.

– Nő? – kérdezte Nándor.

– Nem.

– Idős? – kérdezte Róza.

– Igen.

– Több ügye volt? – kérdezte Bálint.

– Sok. Gyilkosságok főként. És a saját gyilkosomat is leleplEztem, mielőtt meghaltam.

– Bajuszod van? – mosolygott Nándor.

– Látom, megvan – mosolygott vissza Milla.

– Poirot – mondta Nándor.

– Így van – bólintott Zoé. – Era?

Era kinyitotta a füzetét.

– A legszebb lelkű hősnő vagyok. Egész életemben csak jót tettem. Megérdemlem az igaz szerelmet.

Csend.

– Egy olasz faluban élek. Szegények vagyunk. Egy nap meglát a gróf fia... és egymásba szeretünk.

Róza gondolkodott.

– Sebes Flóra valamelyik regénye?

– Stimmel – mondta Era.

– Az *Ott, ahol megáll az idő* – szólalt meg Nándor halkan. – Giovanna Serra és Enzo, Copertino grófja.

A többiek egy pillanatra elhallgattak.

Zoé elmosolyodott.

– Szép volt.

– Róza, te jössz.

– A Senki szigetén élek az édesanyámmal – kezdte Róza. – Itt talál rám a férfi, aki végül a boldogságot jelenti.

– A Szent Borbála hajóval érkezik – tette hozzá.

– Jókai, *Az arany ember* – mondta Nándor, gondolkodás nélkül.

– Igen – bólintott Róza. – És én?

– Noémi – vágta rá Milla.

– Így van.

Zoé tapsolt.

– Köszönöm, ez szép volt. Úgy tűnik, Nándor viszi a prímet.

Megállt, majd elmosolyodott.

– Illetve meg kell osztania Millával. Kettő-kettő találat.

Gyér taps.

Zoé hangja komolyabb lett.

– Örülök, hogy egy kicsit sikerült elterelni a figyelmet a történtekről. Vass Pál halála mindannyiunkat megrázott.

Csend lett.

– Holnap reggeli után folytatjuk. Jó éjszakát.

A társaság lassan szétszéledt.

***

Vasárnap reggel egy fekete Skoda Superb és egy rendőrségi kisbusz gördült be a kastély felső parkolójába. A személyautóból két civil ruhás nyomozó, a kisbuszból két helyszínelő és két egyenruhás rendőr szállt ki. A bűnügyi technikusok fehér overált viseltek, hatalmas táskákat cipeltek.

A recepción Ádám volt szolgálatban. A fiú halálra váltan nézte, ahogy a csapat bevonul az előtérbe.

A civil ruhás nyomozók a pulthoz léptek.

– Rendőrség, bűnügyi osztály. Vass Pál halála ügyében nyomozunk. A kastélyt lezárjuk. Hívja a felettesét.

László, a menedzser, perceken belül megjelent. A nyomozók felmutatták az igazolványukat.

– Hajdú György százados és kollégám, Sárközi Dániel zászlós. Tudunk négyszemközt beszélni?

A helyzet annyira szokatlan volt, hogy Lászlónak egy

pillanatra teljesen irreleváns gondolata támadt: hárman négyszemközt? Az már hatszemközt lenne. Gyorsan elhessegette, és az irodák felé mutatott.

Közben a két egyenruhás lezárta a bejáratokat.

Az írótáborosok egy szinttel lejjebb semmit sem sejtettek. Álmosan, csendben reggeliztek a Lovagteremben. Fiorella kivételével, aki ezúttal sem jelent meg.

— Kihagyta a vacsorát, és reggelizni sem jön le? Különös — merengett Milla.

— Nekem nem hiányzik — vont vállat Szilveszter.

Era rosszallóan nézett rá. Az írót ez nem hatotta meg.

— Viszek neki egy kávét. Valószínűleg elaludt — mondta Zoé.

Erre azonban nem került sor.

Az ajtóban megjelent László, mögötte két férfival. A rangidős, testesebb nyomozó egyenes háttal megállt az asztal végénél, és dörmögő hangon bemutatkozott:

— A Pest Vármegyei Rendőr-főkapitányságról jöttünk. Vass Pál halála ügyében nyomozunk. Úgy tudjuk, ő is a társaságuk tagja volt.

Csend lett. Zoé állt fel elsőként.

— Kerényi Zoé vagyok. Pali amatőr író volt, mint itt... — egy pillanatra megakadt — ...szinte mindenki.

Szilveszter halkan mordult.

— Tegnap rosszul lett, bevitték a kórházba. Miért lett ebből rendőrségi ügy?

A tekintetek a két hivatásosra szegeződtek.

– A nyomozás jelenlegi szakaszában nem adhatok részletes tájékoztatást – mondta Hajdú. – A kórház jelzése alapján felmerült az idegenkezűség gyanúja.

– Vagyis gyilkosság? – bukott ki Millából.

– A helyszínelő kollégák átvizsgálják az épületet. Megkezdjük a kihallgatásokat. Mindenki sorra kerül. Kérem az együttműködésüket. Amíg nem végzünk, a szobákba tilos bemenni.

A társaságban többen fészkelődni kezdtek.

Milla magában káromkodott. A drakulás füzet a szobájában maradt. Az elmúlt napok jegyzetei hirtelen felértékelődtek.

– Ezt mégis hogy képzelik? – háborodott fel Szilveszter. – Mi van, ha gyógyszerre van szükségem?

– Ilyen esetben a kollégáim segítenek – mondta Hajdú. – Kérem, maradjanak az épületben.

– Gyanúsítottak vagyunk? – kérdezte Bálint.

A százados félmosolyra húzta a száját.

– Túl sok krimit néz, fiam. Egyelőre mindenkit tanúként hallgatunk meg. Vass Pál az utolsó napját itt töltötte. Önöktől információt várunk.

A feszültség kissé oldódott. A félelmet lassan felváltotta a kíváncsiság.

Amikor a rendőrök felmentek az ideiglenes kihallgatóhelynek kijelölt Zsolnay Szalonba, az írótábor tagjai kisebb csoportokba verődve találgatni kezdtek, mi történhetett.

***

A rendőrök a Tanár szobájának átkutatásával kezdték a munkát. Ádám és a menedzser kísérték fel a helyszínelőket a jobb szárny folyosójára. A kutatócsoportot Sárközi Dániel zászlós vezette.

A liftből kilépve a csapat balra fordult. A „jobb szárny" a kastéllyal szemben állva volt értendő — az emeleten ez valójában balra esett. Vörös szőnyeggel borított, visszafogottan elegáns folyosóra érkeztek. Mindkét oldalon szobák nyíltak. A sárgás árnyalatú falakat régi időket idéző grafikák és festmények díszítették.

Egyenesen a százhatos szobához mentek. Ádám előrelépett, és a megfelelő kulccsal kinyitotta az ajtót.

— Van olyan kulcs, amely minden szobát nyit? — kérdezte Sárközi.

Ádám a főnökére pillantott, mielőtt válaszolt.

— Természetesen. Királykulcsnak hívjuk.

— Elkérhetem?

Ádám enyhén Balogh felé biccentett.

— Nálam nincs. Általában László tartja magánál.

A rendőrtiszt összevonta a szemöldökét.

— A recepción nincs királykulcs?

— Nincs — mondta Ádám, és inkább a szőnyeget nézte.

— Tűzvédelmi szempontból kötelező, hogy mindig elérhető legyen — jegyezte meg Sárközi, ezúttal már kevésbé türelmesen.

Ádám egyik lábáról a másikra állt. Nem mert a főnökére nézni.

Sárközi Balogh felé fordult.

– Elkérhetném a királykulcsot?

László elhúzta a száját, kerülte a rendőr tekintetét. Ádámra pillantott.

– Sajnos... nem találom.

A folyosón várakozó két helyszínelővel együtt Sárközi is felhördült.

– Nem találja? – kérdezte hitetlenkedve. – Tudja, ez mit jelent?

László arca elsápadt.

– Ha rövid időn belül nem kerül elő, bűnrészesség gyanúja is felmerülhet – folytatta a zászlós.

– Ezt talán nem szeretné.

Balogh lehajtotta a fejét, és a vörös szőnyeget nézte. Halkan motyogott valamit arról, hogy megkeresi.

Sárközi legyintett, és belépett a Tanár szobájába.

Balogh beesett vállakkal indult vissza az irodája felé. Fogalma sem volt, hol keresse a kulcsot. Az elmúlt két napban már mindent átnézett – hiába.

Közben a helyszínelők megkezdték a százhatos szoba átvizsgálását. Ádámot nem engedték be, nehogy akaratlanul tönkretegyen egy nyomot.

A fehér overált viselő helyszínelők beléptek az előszobába. Kesztyűt húztak, és centiméterről centiméterre átvizsgálták a helyiséget.

Az előszobaszekrényben találták Vass Pál ruháit és cipőit. Egyesével zacskókba csomagolták őket. A padlószőnyeget is lépésről lépésre átnézték. Minden szőrszálat, szövetszálat külön tasakba tettek, csipesszel lezártak és felcímkéztek.

Ádám egy darabig a folyosóról figyelte őket a nyitott ajtón át. Arra jutott, hogy ennél unalmasabb munkát elképzelni sem tud. Amikor már senki nem törődött vele, visszament a recepcióra.

Közben Sárközi és a technikusok a fürdőszobát is átvizsgálták. Minden lehetséges nyomot rögzítettek, fotóztak, dokumentáltak.

Ezután átvonultak a stílusosan berendezett hálórészbe. Letisztult, elegáns bútorok fogadták őket. A tetőtéri ablakokat súlyos, puha sötétítő függönyök keretezték. Egy asztal két székkel, a sarokban franciaágy, mellette egy kényelmes fotel.

Sárközi az éjjeliszekrényhez lépett, de nem nyúlt semmihez. Megvárta, amíg a kollégák lefotózzák a tárgyakat.

Ezután kesztyűt húzott, és felemelte azt, ami leginkább felkeltette az érdeklődését: egy gyógyszeres fiolát.

Elolvasta a címkét, majd a bizonyítékos tasakba tette, amelyet a kollégája nyújtott felé.

Visszalépett az előszobába, hogy ne legyen útban. Elővette a telefonját, és rákeresett a hatóanyagra. Egy hiteles orvosi oldalon megtalálta a latin megnevezést.

Erős szívgyógyszer. Folyamatos adagolást igényel. Vényköteles, szigorú orvosi felügyelet mellett.

Ha nem tudnám, hogy meggyilkolták, azt hinném, mellékhatás – futott át rajta a gondolat, miközben végigolvasta, mi történik, ha valaki hirtelen abbahagyja a szedését.

– Fiúk, lemegyek Hajdúhoz – szólt a kollégáinak, miután lefotózta a legfontosabb adatokat. – Ha végeztetek, hívjatok. A százhét megnyitásánál ott akarok lenni.

A helyszínelők bólintottak, és rutinosan folytatták a szoba átvizsgálását.

***

A recepció mögötti folyosón sorakoztak az irodák és a személyzeti öltözők. Az egyik nyomozó éppen ezeket kutatta át.

Balogh László menedzser irodájában és öltözőszekrényében a szokásos, munkához kapcsolódó tárgyakat találta: iratokat, számlákat, egyéb dokumentumokat. A szekrény mögött azonban több üres üveg sorakozott. Főként boros palackok.

A rendőr mindent feljegyzett a felírótáblára, amelyet az asztalra tett, hogy ne legyen útban.

Erre a sok alkoholra még rákérdezek – futott át a fején.

„Papp Ádám recepciós" – olvasta a következő öltözőszekrényen.

Az ajtó már nyitva volt. A felettese intézkedett: a személyzet minden tagjával kinyittatta a szekrényeket, hogy gyorsabb legyen a munka. Kivenni azonban semmit nem engedett. Az a nyomozó dolga volt.

A tiszt egyesével pakolta ki a holmikat. Váltóruhák, iratok, tárca.

Egy irattartó tok is előkerült. Más nevére szóló papírok. Készpénz.

A nyomozó megállt egy pillanatra.

Ez nem stimmel.

Amikor azonban a felső polcról levett egy vászontáskát, és belenézett, azonnal a telefonjáért nyúlt.

— Gyere fel — mondta röviden.

***

Hajdú György százados gyorsabban szeretett volna haladni a nyomozással, ezért kifejezetten nehezményezte, hogy félbeszakítják a kihallgatást, amelybe éppen belelendült.

A Zsolnay Szalonból kilépve türelmetlenül szólt a telefonba:

— Mi a baj?

— Találtam valami nagyon furcsát — válaszolta a beosztottja.

Hajdú sóhajtott. Ebben a kastélyban minden furcsa volt.

— Hol van?

— A személyzeti öltözőben.

— Honnan tudnám, az hol van? — dörmögte.

— A főbejáratnál, a pult mögötti folyosón végig. Itt várom. Szóltam a fiúknak, hozzák ide a recepcióst is.

— Rendben, máris megyek.

Bontotta a hívást.

Amikor odaért a személyzeti részleghez, a nyomozó már

az ajtóban várta, és bevezette. Az öltözőben Ádám és egy egyenruhás rendőr állt.

Ádám sápadt volt, a padlóra meredt. Idegesen egyik lábáról a másikra helyezte a súlyát, a kezét maga előtt összefonta. A százados az asztalra kipakolt holmikat vette szemügyre.

– Ezeket találtam a szekrényében – mondta a nyomozó. – Mindegyik tárcában más névre szóló igazolványok.

– Hamisak? – kérdezte a százados, Ádámra nézve.

A fiú nem válaszolt.

– Kérdeztem valamit!

Ádám nemet intett, de továbbra sem nézett fel.

– Összevetettük a neveket a vendégkönyvvel – szólt közbe a rendőr. – Úgy tűnik, minden pénztárca lopott.

Hajdú kézbe vett néhány tárcát, átnézte a tartalmukat. Készpénz is volt bennük, nem is kevés.

– Szóval egy tolvaj szarkát fogtunk – mondta. – Mondja csak, fiam, mi volt a terve ezekkel?

Ádám hallgatott.

Néhány másodperc csend után a százados mély hangja törte meg a levegőt:

– Bevisszük a kapitányságra. Mostantól nem tanúként, hanem gyanúsítottként hallgatjuk ki.

Ádám hátravetette a fejét, és levegőért kapott.

– Gyanúsítottként? – kérdezte erőtlenül. – Mivel gyanúsítanak?

– Lopással, rablással – mondta a százados. – És gyilkossággal.

A fiú elsápadt.

– Ezt nem gondolhatják komolyan!

– Miért is hinnénk magának? – kérdezte Hajdú szárazon. – Éppen most találtunk egy rakás lopott holmit a szekrényében. Nyilván van orgazdája. Nem egyedül dolgozik.

Egy pillanatra megállt, majd folytatta:

– Lássuk csak. Vass Pál rajtakapta a lopáson. Maga megölte. Egyszerű történet.

Végignézett a jelenlévőkön.

– Szerintetek?

– Nem öltem meg! – mondta Ádám. – Igaz, hogy loptam. Igaz, hogy Vass úr megfenyegetett. De gyilkolni nem tudnék!

– Ezt majd a vizsgálat eldönti.

Hajdú intett.

– Vigyék el.

Ádám még próbált magyarázkodni, de már senki nem figyelt rá.

A százados hátat fordított, és visszaindult a Zsolnay Szalon felé.

***

Milla karon ragadta Rózát, és húzni kezdte a folyosón.

– Mi a baj? – kérdezte Róza, de azért engedelmesen követte barátnőjét.

A lépcsőfordulónál Milla elengedte, és fojtott hangon válaszolt.

– Kell a drakulás füzetem.

– Ennyi? Ezért a nagy sietség?

Milla körülnézett, majd még halkabban szólalt meg.

– Tudod, hogy mindent leírtam. Az első perctől kezdve. Valami nem stimmel, de nem jövök rá, hogy mi. Ezért kell a füzet. Muszáj átnéznem, pontosabban átnéznünk. Mi lehet, ami elkerülte a figyelmünket?

Róza belekarolt barátnőjébe, és a szobák felé kezdte terelgetni. Az emeleten zajlott a helyszínelés, egyelőre a jobb szárnynál tartottak. Milláék a bal oldal felé indultak, de ott is állt egy posztoló egyenruhás.

Milla elszakította magát barátnőjétől, és határozottan a száztizenhármas szoba felé vette az irányt. Róza követte. A folyosót őrző rendőr eléjük állt.

– Itt nem mehetnek át – mondta mogorván.

Milla számított erre. Elővette – véleménye szerint – legbájosabb mosolyát, és a fiatal zsarura nézve viszonylag határozott hangon így szólt:

– Cukorbeteg vagyok, szükségem van a gyógyszeremre.

A férfi erre nem számított. Tanácstalanul nézett a lányokra. A rendőrtisztin nem tanították, ilyenkor mi a protokoll. Milla kihasználta a pillanatnyi zavart.

– Ha nem jutok inzulinhoz, kómába eshetek és meghalok. Itt, a folyosón. A lábai előtt. A szeme láttára. Ugye nem akarja végignézni a haláltusámat?

A fiatal egyenruhás bizonytalansága azonnal elillant. Ismét szigorúan nézett a két nőre.

Milla is érezte, kissé túljátszotta a szerepét.

Róza próbálta menteni a helyzetet.

— Kérem, bocsásson meg neki, hajlamos túlzásokba esni — mondta, oldalba bökve barátnőjét —, de valóban létfontosságú lenne bejutnunk a szobájába. Egy nélkülözhetetlen jegyzet kell az írótábori foglalkozáshoz.

— Nem lehet bemenni — mondta ismét mogorván a zsaru.

Milla átváltott Karen-üzemmódra. Így nevezte az olyan viselkedést, amikor valaki kötekedően, ellentmondást nem tűrően beszél másokkal. Elérkezettnek látta az időt, hogy ilyen módszerhez folyamodjon.

— Ide figyeljen, maga túlbuzgó senkiházi — kezdte, mire Róza döbbenten fordult felé —, ha nem enged a szobámhoz, megnézheti magát. Befolyásos ismerőseim vannak felsőbb körökben. El tudom intézni, hogy örökre mitugrász fakabát maradjon. Esetleg repüljön a testülettől. Választhat.

Az utolsó szavakat már szinte kiabálva mondta. A hatás kedvéért még a kezét is csípőre tette. Úgy vélte, meglehetősen fenyegetően fest. Az igazság az volt, hogy inkább vicces látványt nyújtott.

Róza elkerekedett szemmel nézett barátnőjére, akit még soha nem látott így viselkedni.

A rendőr unott arccal hallgatta végig a monológot, majd a vállpántjához nyúlt. A gombot nyomva tartva beleszólt a rádió adóvevő mikrofonjába.

— Dani, kérlek, gyere az emeletre. Adódott egy kis gond.

Milla egy pillanat alatt visszaváltozott Karenből normális

nővé. Kezét leengedve engedelmesen hátrébb lépett. Gyengéden lökdösni kezdte Rózát a lépcsőház felé, és próbált elsomfordálni.

A folyosó végén azonban megjelent Sárközi Dániel zászlós egy másik rendőrrel. Az egyenruhások csak fejbólintással kommunikáltak, de tökéletesen megértették egymást.

– Fáradjanak velem – mondta Dániel a két nőnek.

– Talán „kérem", vagy „legyen szíves" – morogta Milla, de úgy, hogy a százados lehetőleg ne hallja.

Lekísérték őket a földszintre. Néma csendben. Milláék engedelmesen lépkedtek a rendőrök között.

Megálltak a Zsolnay Szalon előtt. Sárközi bekopogott, és belépett a helyiségbe. Néhány másodperc múlva visszajött, és mutatta Millának, hogy bemehet.

A nő kétségbeesve nézett Rózára, amikor őt nem engedték vele együtt a szalonba lépni. Barátnője biztatóan intett felé.

– Nem lesz gond – tátogta.

Milla remegő lábbal lépett be, nem sejtette, mi vár rá.

A kis szoba hasonló stílusú volt a Wattay Szalonhoz, annyi eltéréssel, hogy ami ott vörös vagy arany színű volt, az itt bézs és barna árnyalatú. Az egyik falfülkében hatalmas Zsolnay váza vonzotta a szemet.

Millának nem volt ideje megcsodálni, mert az egyik sárga fotelből Hajdú György százados emelkedett fel.

– Kérem, foglaljon helyet – mutatott a másik ülőhelyre a férfi.

Milla jobbnak látta nagy kerülővel megközelíteni a bútort.

Tisztában volt a saját legfőbb gyengeségével, az ügyetlenséggel. Nem merte megkockáztatni, hogy esetleg véletlenül kárt tesz a vagyont érő vázában. A százados furán nézett rá, de nem szólt semmit.

Milla észrevette, hogy a sarokban lévő kisasztalnál egy rendőrnő ül, és jegyzetel. Amikor a századossal szemben helyet foglalt, viccelődve feltette a kérdést:

— Jogomban áll hallgatni?

Hajdú fáradt mosollyal reagált.

— Egyelőre a segítségét kérném bizonyos információkkal kapcsolatban. Nem gyanúsított, ha erre céloz. Ha már címkéket keresünk, a legpontosabb talán a „tanú" megnevezés. Ez megfelelő önnek? — kérdezte a középkorú férfi.

A sarokban ülő nő várakozóan Milla felé fordult, de nem állt fel, hogy bemutatkozzon. Miért füzet, miért nem írógép, mint a filmekben? — kérdezte volna Milla, de aztán belátta, hogy nem ez a kulcskérdés. Amúgy sem ő kérdez, hanem a szigorú tekintetű rendőrtiszt, aki épp barátságtalanul méregette.

— Mint tudja, egy férfi elhunyt a kórházban — kezdte lassan Hajdú. — Vass Pál, aki, ha jól tudom, az íróköri társuk volt, és akit önök Tanárként emlegettek. Sajnos idegenkezűség alapos gyanúja merült fel. Az urat valaki megmérgezte. Bármilyen információ, ami a tudomására jutott, fontos lehet. Kérem, mondjon el mindent.

Millában ezernyi kérdés merült fel.

— Hol kezdjem? Mennyit tud már, ezredes úr?

— Százados. Kezdje talán az elején. Nem lényeges, én mennyit tudok. Koncentráljunk arra, hogy ön mit tud.

Milla próbálta összeszedni a gondolatait, amelyek jelenleg összevissza ugráltak.

— Vass Pali tipikus tanár volt, aki úgy vélte, mindenkit ki kell oktatnia. Kéretlenül is.

Hirtelen elhallgatott, és ijedten nézett a rendőrre. Lehet, hogy nem kellett volna ennyire őszintének lennie? Még a végén azt hiszi, ő akarta a halálát.

— Ez még nem ok a gyilkosságra — próbált szépíteni, de Hajdú arcáról semmilyen érzelmet nem tudott leolvasni. — Amikor bevitték a kórházba, azt hittük, csupán a gyógyszer miatt van.

— Milyen gyógyszer? — kérdezte a nyomozó.

— Az első este nagy balhét csapott. Azt állította, valaki ellopta a gyógyszereit. Nem vettük komolyan. Ki akarna orvosságot lopni?

— Tehát amikor bevitték a kórházba, nem gyanították, hogy bárki ártana neki — összegezte a százados.

— Nem gondoltunk bele — mondta Milla óvatosan. — Mindenkit sokkolt a hír, amikor meghalt. Betegségre gyanakodtunk. Szívinfarktusra vagy agyvérzésre. Tudja, a szokásos, ami az ilyen korú férfiaknál legtöbbször előfordul. Gyilkosság? Meg se fordult a fejünkben.

— Kivéve egyikőjüket — dünnyögte a százados.

Milla megkockáztatta a kérdést, ami foglalkoztatta.

— Van már gyanúsítottjuk?

A rendőr nem válaszolt, csak szigorúan Milla szemébe nézett.

– Értem, itt ön kérdez – mondta a nő lemondóan.

– Maga szerint kinek állhatott szándékában kioltani Vass Pál életét? – kérdezte a nyomozó.

Milla sóhajtott. Ezt a kérdést már ezerszer feltette ő is magának. Hiányzott a füzete. Abban bizonyosan megtalálná a választ.

– Sajnálom, hogy ezt kell mondanom, de Rózán és rajtam kívül szinte mindenkinek.

A százados felvonta a szemöldökét.

– Először is: ki az a Róza? Másodszor: kiket ért a „mindenki" alatt? – mutatott idézőjelet az ujjaival.

– Róza a legjobb barátnőm. Együtt jöttünk az írótáborba. Mi ketten gyanún felül állunk, természetesen.

A százados köhintett egyet, de nem szólt közbe. Milla folytatta.

– Nézzük. Az első napon összeveszett a recepciós fiúval.

– Papp Ádámmal? – kérdezett közbe a százados. – Csak hogy pontos legyen a jegyzőkönyv.

– Igen. Megfenyegette, hogy szól a felettesének. Nem tudom az okát, de Ádám halálra rémült. Mellesleg jó gyerek, de ki tudja, mi lehet a háttérben?

Milla elhallgatott, hátha a rendőr reagál, de az továbbra sem árult el semmilyen érzelmet. Csendben várta a folytatást.

– Vivi egy kanál vízben megfojtotta volna a Tanárt. Németh Vivien, a fiatal lány. Őt Pali sokszor kritizálta és pocskondiázta. Vivi ezt nem viselte túl jól.

A sarokban ülő rendőrnő folyamatosan jegyzetelt.

– Természetesen ez még nem ok a gyilkosságra – tette hozzá Milla.

– Azt mi döntjük el – mondta mogorván Hajdú. – Láttam ennél cifrább indítékot is.

Milla bólintott, majd feszengve folytatta.

– Nem akarok senkit gyanúba keverni, de az eset óta én is a megoldáson agyalok. Eráról sem tudom elképzelni, hogy bántani tudna bárkit.

– Era?

– Zombori Erika, szintén írótárs. Aztán ott van a pincérlány. Őt ki akarta rúgatni egy apró botlás miatt.

– Amikor a vizet ráöntötte? – kérdezte a rendőr.

– Ezek szerint már hallott róla az ezredes úr.

– Százados.

Milla legyintett, hogy neki teljesen mindegy, majd rögtön észbe kapott.

– A kastély egyébként éjjel-nappal nyitva áll a látogatók előtt. Bárki bejöhetett és megölhette. Nézték már a kamerákat?

Hajdú ingerülten válaszolt.

– Kisasszony, a nyomozás lefolytatásának mikéntje csak rám és a kollégáimra tartozik. Hogy jön ahhoz, hogy beleszóljon?

Milla szinte behúzta a nyakát, és visszakuporodott a fotel mélyére, elnézést hebegve.

Hajdú végignézte a kezében lévő listát.

– Mi a helyzet Kovács Bálinttal, Kerényi Zoéval, Hudák Szilveszterrel és Bekler Nándorral? Ők is az írókör résztvevői.

Milla próbált ügyelni, nehogy megint butaságokat mondjon.

– Bálint jó gyerek. Tisztelettudó, barátságos. Őt mindenki szereti.

Hajdú még mogorvább lett.

– Nem hiszek az olyan emberekben, akiket mindenki szeret. Ilyen nincs. Mellőzzük az ehhez hasonló kijelentéseket.

Milla megadóan lehajtotta a fejét.

– Módosítok: itt, ebben a társaságban mindenki szereti Bálintot.

– Mi a helyzet Kerényi kisasszonnyal? Neki is érdekében állt meggyilkolni Vass Pált?

Milla végigfuttatta magában a lehetőségeket.

– Igaza van, módosítok. Nem mindenki szerette volna holtan látni a Tanárt. Zoé és Nándor vitathatatlanul ártatlanok. Szilveszterről viszont nagyon is el tudom képzelni.

– Mégpedig?

– Mindketten erős akaratú személyiségek, ebből fakadóan adódtak vitáik. Ez sem indíték egy gyilkosságra. Elképzelhető, hogy volt valami más motiváció a háttérben?

Hajdú egy legyintéssel elhallgattatta.

– Köszönöm, egyelőre ennyi lesz. Maradjon a közelben, ha felmerülnének kérdések.

Milla még mondott volna valamit, de a százados már a jegyzeteibe merült.

– Százados úr, még egy utolsó kérdésem lenne – kezdte végül. – Bemehetek a szobámba? Szükségem van a gyógyszeremre.

Hajdú a gallérjához nyúlt.

– Hogy álltok az emelettel?

– A jobb szárny kész, a balnál még néhány hátravan.

– A száztizenhármas?

– Az kész, főnök.

Hajdú Millára nézett.

– Mehet.

Milla megkönnyebbült. Végre megszerezheti a drakulás füzetet.

A nyomozó is. Megszabadult a – véleménye szerint – kissé buggyant nőtől.

***

Róza a recepciós pult előtt várta Millát. Amikor barátnője végre kilépett a Zsolnay Szalon ajtaján, szinte a nyakába borult.

– Mi volt a kihallgatáson? Mindent el kell mondanod – türelmetlenkedett.

– Meg sem kérdezte, hol voltam, mit csináltam a gyilkosság idején – kezdte felháborodottan. – A filmekben mindig ezzel kezdik. Ámbár, ha igazán fontolóra veszem, nem is tudjuk a pontos időpontot. Na, mindegy. Ráadásul alig figyelt rám. Próbáltam elmagyarázni, ki miért gyanús. Cseppet sem érdekelte.

Milla beszámolóját döngő léptek szakították félbe. László, a menedzser csörtetett az irodák felé. Milla elé ugrott, és útját állta.

A menedzser megtorpant. Már éppen nyitotta a száját, hogy ráripakodjon: mégis mit képzel?, amikor észbe kapott, hogy egy fizető vendéggel van dolga. Azonnal rendezte a vonásait, és az arcára erőltetett egy udvarias mosolyszerűséget.

— Segíthetek? — kérdezte kényszeredetten.

— Ami azt illeti, igen.

Balogh rezzenéstelen arccal várta, hogy a nő folytassa. Milla ráérősen vizslatta a férfi arcát.

— Maga sok alkoholt iszik, ugye?

László kezdett volna felháborodottan tiltakozni. Milla leintette.

— Kitágult hajszálerek az arcon és az orron, puffadtság, bevérzett szemek, enyhén csillogó tekintet, kézremegés — sorolta. — Kár tagadni.

A menedzser szeme tágra nyílt, kezét önkéntelenül zsebre vágta.

— Kérem, ha ezt a feletteseim... — hebegte.

— Tőlünk nem fogják megtudni — nyugtatta a nő. — Feltéve, ha...

— Igen?

— Válaszol néhány kérdésünkre — mutatott Milla a fotelek felé.

Mindhárman letelepedtek.

— Miért volt annyira ideges, amikor eltűnt a királykulcs? —

kérdezte Milla. – Úgy értem, miért volt *nagyon* ideges? Érthető, hogy menedzserként ön a felelős a kulcsokért, de biztosan van pótkulcs valahol.

László a két nő közötti fotelben ült, szinte összekuporodva. Kezeit a térdei közé szorította, próbálva leplezni a remegést. Milla türelmesen várta a választ.

– Nincs értelme tagadnom, hiszen rájöttek, szeretem az italt – kezdte halkan. – A borospincében tároljuk az összes alkoholt. Nem akartam, hogy kiderüljön: néha megkóstolom őket.

Mindhárman tisztában voltak vele, mit jelent ebben az esetben a „kóstolás", de egyikük sem részletezte a mennyiséget.

– Emiatt magamnál tartottam az összes királykulcsot. A tudtomon kívül senki nem mehetett a pince közelébe.

– Hol tárolta őket?

– Az irodámban. Valaki betört oda, és elvitte az összeset. Kétségbe estem, nem mertem szólni a vezetőségnek.

– Ráadásul a kamerarendszert is tönkretették – tette hozzá Róza.

A menedzser még beljebb süppedt a fotelben.

– Az irányítás kicsúszott a kezem közül. Az a valaki bármit megtehetett, nyom nélkül.

– Ráadásul a napi itókához sem jutott hozzá – jegyezte meg Milla.

A menedzser nem bántódott meg, csak szomorúan lehajtotta a fejét.

Milla hirtelen felugrott.

– Hol van az a pince?

A férfi, mint aki álomból ébred, felnézett.

– A mínusz másodikon.

– Azt hittem, a mínusz egy alatt nincs semmi – mondta Milla. – Hol van pontosan a lejárat?

– A Lovagterem előterében, a lift mögött van egy mozgáskorlátozottaknak fenntartott mosdó. Onnan nyílik.

– Le kell mennünk oda – jelentette ki Milla.

Róza és László értetlenül néztek rá.

– Hozzon egy csavarhúzót, kalapácsot, vagy bármit, ami ilyenkor szokás – utasította a férfit.

– Pajszert? – kérdezte tétován László.

– Azt is.

– Tönkre akarja tenni a zárat? – hüledezett a férfi.

– Öregem, itt gyilkosság történt, és maga az ajtó miatt aggódik? – sürgette Milla.

László megadóan feltette a kezét, és elindult a szerszámtároló felé.

***

Milla, Róza és László lementek a lépcsőn. A Lovagteremben éppen a konyhásokat hallgatták ki. Rendőr őrizte a bejáratot. Szigorúan fordult feléjük, majd amikor látta, hogy más irányba indulnak, megnyugodva hátat fordított.

A lift mögötti mozgássérült mosdónak a rendőrség nem

tulajdonított nagy jelentőséget. Az előterében tisztítószereket és takarítóeszközöket tároltak. A pincébe vezető ajtó szinte láthatatlanul bújt meg a beugróban. A személyzeten kívül alig tudta valaki, hogy nem a mosdóhoz tartozik.

– Őrt állok. Feszítse fel a zárat – állt meg az előtér ajtajában Milla.

László „jó ötlet ez?" kérdését a két nő válaszra sem méltatta. Róza és a menedzser odalépett a pincelejáróhoz. A férfi elővette az addig rejtegetett pajszert. Felemelte, hogy felfeszítse a zárat, de megállt a keze a levegőben.

– Ez nyitva van – suttogta.

Milla is odalépett. Valóban: az ajtó résnyire nyitva állt.

– Mi legyen? – kérdezte László.

– Hülye kérdés – vágta rá Milla. – Maga marad itt. Őrködik. Mi lemegyünk.

Szélesre tárta az ajtót. Meredek lépcsősor vezetett a sötétbe.

– Jobbra van a kapcsoló – suttogta László.

Róza felkapcsolta a villanyt, de odalent így is félhomály maradt. Óvatosan lépkedtek lefelé. Amikor leértek, Milla elővette a telefonját, és bekapcsolta az elemlámpát. Róza követte. Nélküle csak szürke foltok látszottak a zsúfolt helyiségben.

A pince tele volt régi bútorokkal, dobozokkal és mindenféle limlommal. Milla elindult a holmik között, és módszeresen végignézte a sötét sarkokat.

– Tulajdonképpen mit keresünk? – kérdezte Róza.

— A klasszikus választ — felelte Milla. — Bármit, ami gyanús.

— Ez nem egy könyv vagy film — morogta Róza.

Néhány másodperc múlva kiderült, hogy rosszabb.

***

Hajdú százados nem vágyott másra, csak egy kis magányra. A kastély most inkább hasonlított zsúfolt állomásra: minden helyiségben nyüzsgött vagy várakozott valaki. Szinte lehetetlen volt csendes zugot találni.

A Wattay Emlékszoba tűnt a legalkalmasabbnak. A nyomozás miatt épp üresen állt.

Hajdú benyitott.

A berendezés inkább emlékeztetett múzeumra, mint szobára. Az ablak előtt mívesen faragott székek sorakoztak, a Wattay család megmentett bútorai. A falakon ovális keretekben portrék és fényképek: Wattay Pál családtagjai, örökösei. Szemben egy oroszlánfejes íróasztalon a nemesi címereslevél fordítása. Fölötte Wattay Gyula festménye, aranyozott keretben. Jobbra üveg alá zárt régi térkép Pomázról. Fölötte a família jeles tagjainak felsorolása. Az ajtó mögötti íves mélyedésben egy mintás váza állt, mellette a falon fekete tintával írt családfa.

Hajdú szívesen elidőzött volna itt, de most nem ezért jött.

A szoba közepén álló kerek asztal mellől kiválasztott egy fotelt. Fáradt sóhajjal belehuppant, és előhúzta a jegyzetfüzetét.

Ekkor nyílt az ajtó.

– Százados úr, ezt látnod kell – mondta az egyik rendőr. A hangja tisztelettudó volt, de sürgető.

A rendőrségnél ilyenkor mindenki tegeződött. Hajdú most mégsem örült a közvetlenségnek.

Felkelt.

– Mi az?

– Gyere.

Kelletlenül indult utána. A lépcső felé mentek. Lefelé. A mínusz egyen jobbra fordultak. Aztán még egyszer.

Amikor meglátta a mozgáskorlátozott WC piktogramját, felmordult.

– Mi olyan fontos egy mellékhelyiségben?

– Engedelmeddel – mondta a rendőr, és már nyitotta is az ajtót.

Hajdú belépett.

Szűk előtér. Szemben a vendégmosdó. Jobbra raktár. Balra egy ajtó: „Pince".

Az ajtó nyitva állt.

Mögötte meredek lépcső vezetett lefelé. Halvány fény derengett odalentről. Suttogás. Dohos szag.

Mi a fene van itt?

Elindult lefelé, ügyelve, ne verje be a fejét a mennyezetbe. A lépcső alján kitágult a tér. A kastély alatti pincerendszer hatalmas volt, többfelé ágazott. Régen lovaskocsik is jártak benne – most inkább omladozó, elhagyott labirintusnak tűnt.

Hajdú végigpillantott a régi bútorokon. Tárolóként

használták a helyiséget.

Aztán meglátta őket.

Néhány méterrel arrébb, egy félhomályos beugróban álltak: Sárközi, Balogh, a szőke nő és a barátnője. Balogh és a szőke hevesen magyaráztak, a zászlós jegyzetelt. Mindannyian halkan beszéltek.

Amikor észrevették Hajdút, elhallgattak, majd hátrébb léptek, utat engedve neki.

Hajdú közelebb ment.

Először csak egy mozdulatlan kezet vett észre a kövön. Aztán a testet.

Egy nő feküdt a pince padlóján.

Még egy lépés, és meglátta az arcát.

Fiorella.

Hajdú tekintete végigsiklott rajta, majd megakadt a hátán. A recés szélű kenyérvágó kés markolatán.

***

Karola az ebédre készült. Csontleves, csirkecomb, petrezselymes burgonya – ez volt a terv. Bízott benne, hogy a gluténmentes étrendet követő tyúknak is megfelel. Így nevezte magában Fiorellát. Nem akarta, hogy megint jelenetet rendezzen.

Amikor a rendőrök beléptek a helyiségbe, majdnem rájuk szólt, hogy mégis mit képzelnek. Aztán lenyelte. Főzés közben nem szerette, ha zavarják. Ráadásul szabálytalan is volt:

a konyhában csak a személyzet tartózkodhatott. Nem higiénikus – mondta mindig.

Most viszont minden a feje tetején állt.

A rendőrök birtokba vették a kastélyt. Neki pedig sem felhatalmazása, sem ideje nem volt helyretenni őket. Csak rájuk nézett.

Mit akarnak már megint?

Hiszen egy órája kihallgatták.

– Váradiné Szűcs Karola? – nézett a papírjába az egyik rendőr.

– Igen.

– Fáradjon velünk.

Karola körbenézett a konyhán. A zöldségek szanaszét, a leves már főtt, a hús még érintetlen. Az ebédidő vészesen közeledett.

– Most? – kérdezte hitetlenkedve.

A rendőr bólintott.

Karolában elszakadt valami.

– Kérem, az Ádámkát letartóztatták, elvették a segítségemet is. A konyhalányt, a Lilit. Neki kell tartania a frontot fent, a recepción. Engemet meg itt hagytak. Ha nem lesz délre ebéd, repülök! Tudják, mennyi idő megsütni a húst? Még pácolva sincs! Nem tudok most menni. Legalább egy óra kell. Jöjjenek vissza később!

A két rendőr hajthatatlan maradt.

Parancs.

Karola legyintett, kikapcsolta a tűzhelyet, megtörölte a

kezét a kötényében, és elindult.

Néhány perccel később éles sikolya töltötte be a pincét.

— Asszonyom, ismerős ez a kés? — kérdezte Hajdú, amikor Karola valamelyest lecsillapodott.

A nő a kötényét gyűrögetve közelebb hajolt.

— Pont olyan, mint a kenyérvágónk.

— Olyan, vagy ugyanaz? — vágott közbe Hajdú. — Nem mindegy.

Karola elbizonytalanodott.

Hajdú ezt jelnek vette.

— A technikusok máris ujjlenyomatot vesznek — mondta szárazon. — Ideje lenne mindent bevallani.

Karola arcából kifutott a vér.

Nyilván az ő nyomai lesznek rajta. Ő használta a kést. Most jutott eszébe: egész délelőtt nem látta. De hát annyi dolga volt...

Ettől még gyilkos?

— Mit képzel? — tört ki belőle. — Tisztességes, becsületes ember vagyok. Kétkezi munkából élek. Maga szerint képes lennék ilyesmire? Miért öltem volna meg ezt a nőt? Vagy bárkit?

Hajdú felemelte a kezét.

— Nyugodjon meg—

De Karola nem hallotta.

A rendőrök két oldalról megfogták, és a lépcső felé indították.

– Úgy tudom, megfenyegette, hogy kirúgatja – szólt utána Hajdú. – Igaz ez?

Karola egy pillanatra elhallgatott.

Az arca elsötétedett.

– Maga szerint ezért megöltem? – csattant fel. – Mert jelenetet rendezett? Nem is volt igaza! A diós tészta gluténmentes volt, csak ez a beképzelt pulyka…

Elharapta a mondatot.

Lenézett.

Fiorella holttestére.

– Halottakról csak jót. Vagy semmit – mondta halkan.

Hátat fordított, és felment a lépcsőn.

Visszaengedték a konyhába.

Az ebéd nem vár.

***

Fiorella halálhíre futótűzként terjedt. Ebben Milla járt az élen: amikor a százados utasítására elzavarták őket a holttest mellől, az emeletre menet mindenkinek elújságolta, aki szembe jött velük.

Era reakciójára azonban még ő sem számított.

Az emeleti folyosón találkoztak vele, a szobájuk felé tartva. A hír hallatán Era elsápadt, és megtántorodott. Ha Róza nem kapja el, valószínűleg összeesik. Mivel a saját szobájában még dolgoztak a helyszínelők, Millához kísérték.

– Le kéne feküdnöd – ültette le Milla az ágy szélére.

Era a fejét rázta.

– Jól vagyok.

– Azért ezt idd meg – nyomta a kezébe a poharat Milla, amit közben megtöltött vízzel.

Era hirtelen zokogni kezdett. Nem csak sírt – kitört belőle. Hosszú percekig nem lehetett csillapítani. Róza leült mellé, simogatni kezdte a karját, a hátát. Milla tanácstalanul toporgott.

– Szerettem – hüppögte Era.

Róza zsebkendőt nyújtott felé.

– Szerelmes voltam belé – tette hozzá halkan, mintha titkot mondana.

Amikor valamelyest csillapodott a sírás, Milla végre feltette a kérdést, amit már az első este óta kerülgetett.

– Miért átkoztad meg?

Era döbbenten nézett rá. A lélegzete is elakadt.

– Honnan tudod?

– Lengyel átok volt, igaz? – folytatta Milla. – Fel is írtam. Le is fordítottam. Felolvassam?

– Nem szükséges – mondta Era fáradtan. – Tudjátok, mennyire sajnálom? Ha visszaforgathatnám az időt... Bárcsak sose mondtam volna ki azokat a szavakat. Úgy érzem, én vagyok a hibás. Miattam halt meg.

Milla és Róza összenéztek.

– Ezt hogy érted? – kérdezte Róza.

Era újra sírni kezdett, de most már halkabban.

– A nagyanyám lengyel volt. Tőle tanultam a nyelvet... és

mást is. Boszorkányként élt.

Milla szája sarkában megrebbent valami, de nem szólt.

— Megtanított varázsigékre. Átkokra, áldásokra... — folytatta Era. — Az átok lett Fiorella veszte. Hatott. Én okoztam a halálát.

Megrázta a fejét.

— Nem szándékosan! Dühös voltam... de ezerszer megbántam. Szerettem. Ő volt az életem értelme. Nem akartam ártani neki.

Róza tiltakozni akart, de Era már újra zokogott.

Milla leült a kisasztalhoz. Kinyitotta a drakulás füzetét, és feljegyzett valamit a „lengyel átok" mellé.

Aztán felpattant.

— Mi a helyzet Pállal?

Era felnézett, zavartan.

— Őt nem is ismertem. Itt találkoztam vele először... mint mindenki mással. Miért bántottam volna?

Róza elgondolkodott.

— Tényleg. Milyen indítéka lett volna?

Milla ekkor észrevétlenül intett.

Róza megértette. Odanyújtott még pár zsebkendőt Erának, majd kiment Millával az előszobába. Era nem figyelt rájuk. A saját fájdalmába zárkózott.

Milla lehalkította a hangját.

— Pált megmérgezték. Ez inkább női módszer. Fiorellát késsel ölték meg. Az inkább férfi.

Róza bólintott.

– Akkor két elkövető?

Milla vállat vont.

Kinyitotta a füzetét, úgy tartotta, hogy Róza is lássa a listát.

– Kivel nem beszéltünk még?

Róza végigfuttatta a szemét a neveken. Megállt egy ponton.

– Nándor.

Milla bólintott.

Visszalépett a szobába.

– Maradj nyugodtan – mondta Erának. – Itt már nem fognak zavarni. Nekünk van egy kis dolgunk. Megleszel?

Era csak szipogott, és törölgette az orrát.

***

Milla és Róza kilépett a folyosóra. A szoba előtt Bálint ácsorgott. Elveszett kiskutya tekintettel nézett rájuk.

– Miben segíthetünk? – kérdezte Milla gyanakvóan. – Hallgatóztál?

A fiú lesütötte a szemét, és gyűrögetni kezdte a pólója szélét.

– Bevallom, próbáltam.

Milla már nyitotta a száját, de Bálint gyorsan hozzátette:

– Nem sok sikerrel. Semmit sem hallottam.

– Szerencséd – mondta Milla, és már indult is tovább.

Róza még egy pillanatig ott maradt, majd követte. Bálint utánuk szólt:

– Szeretnék segíteni.

Róza megtorpant. Milla nem.

– Azzal segítesz, ha békén hagysz – vetette oda hátra sem nézve. – Ez nem gyerekeknek való.

– Milla! – szólt rá Róza.

A lány megállt, visszafordult. Pár másodpercig végigmérte a fiút. Aztán bólintott.

– Rendben. De akkor szabályok vannak.

Bálint azonnal kihúzta magát.

– Senkinek egy szót sem a nyomozásról. A kihallgatásba nem szólsz bele. Ha bármit találsz, először nekünk mondod. Ha bármit tudsz, azonnal jelented.

– Értettem – mondta Bálint, és tisztelgett.

Milla még mindig nem volt meggyőzve.

– Ennyi?

– Ja... igen. Illetve... – kapott észbe a fiú. – Az számít, hogy Lili rá akarta küldeni a kastély szellemeit a Tanárra?

Milla és Róza egyszerre néztek rá.

– A pincérlány? – kérdezte Milla.

– Igen. Beszéltem vele. Azt mondta, kapcsolatba tud lépni a szellemekkel. Meg akarta idézni őket, hogy ráijesszen Pálra.

Róza felhorkant, de Milla nem nevetett. Szűkebbre húzta a szemét.

– Szerinted ezek a... szellemek mérgeztek? – kérdezte szárazon.

– Nem tudom – mondta Bálint komolyan. – De ha képesek hatni az emberekre... akár meg is ölhetnek valakit. A Tanárt megmérgezték. Fiorellát hátba szúrták. Lehet, hogy–

– Állj – vágott közbe Milla. – Komolyan gondolod, vagy szórakozol velem?

A fiú meglepődött.

– Én csak–

– Honnan tudod, hogyan ölték meg Fiorellát? – folytatta Milla élesen.

Róza elnevette magát.

– Milla, ezt eddig kb. mindenkinek elmondtad.

Milla egy pillanatra elhallgatott.

– Jó, ez igaz – mondta. – De attól még nem lesz valószínűbb, hogy szellemek voltak.

Bálint arca egy pillanatra megmerevedett.

– Akkor rossz nyomon vagyok – mondta csendesebben. – Mi van a jegyzeteidben?

A drakulás füzetre bökött.

Milla lepillantott.

– Néhány apróság – mondta lassan. – Például az, hogy miért hazudtál Vivinek a templomról.

Csend.

Bálint nem válaszolt.

Milla már kérdezett volna tovább, de ekkor kinyílt egy ajtó. Nándor lépett ki a szobájából. Ugyanabban a pillanatban megérkezett a lift is, két rendőrrel.

A folyosó hirtelen megtelt mozgással.

Bálint és Róza a lépcső felé indultak. Nándor belépett a liftbe.

Milla egy pillanatig habozott.

Aztán az utolsó pillanatban utána lépett.

***

Milla bevágódott a fülkébe. A záródó ajtó oldalba taszította, ő pedig nekilökte a békésen várakozó, mit sem sejtő Nándort. Sűrű elnézések közepette megnyomta a földszint gombját. A lift komótosan elindult.

– Miről vitáztatok Fiorellával? – szegezte neki azonnal a kérdést.

A férfi felkapta a fejét, majd zavartan elfordult.

– Nem tudom, miről beszélsz.

Milla a STOP gombra csapott. A lift döccent egyet, és megállt a két emelet között.

– Megőrültél? – háborodott fel Nándor.

Először hitetlenkedve nézett rá, aztán a kisujját kezdte dörzsölni.

– Sajnálom, ha megütötted magad – mondta Milla hűvösen.

– Nekicsapódtam a falnak. Szerintem eltört – panaszkodott a férfi.

Milla megragadta a kezét, közelebb húzta, és megvizsgálta. Megnyomta.

Nándor felszisszent.

– Nem tört el – jelentette ki Milla határozottan.

Ez cseppet sem nyugtatta meg a férfit. Kirántotta a kezét, és tovább masszírozta.

– Meg fog gyógyulni – tette hozzá Milla. – Most viszont fontosabb dolgunk van.

Közelebb lépett hozzá.

– Fiorella meghalt. Valaki megölte. Hallottam, hogy hevesen vitáztatok. Jelenleg te vagy az első számú gyanúsítottam. Hacsak nem mondasz valami nagyon meggyőzőt.

Milla kereste a tekintetét. Nándor nem nézett rá.

– Évek óta ismertem – mondta végül. – Kollégák voltunk. Ugyanannál a kiadónál dolgozom.

Milla felvonta a szemöldökét, de nem szólt. Várt.

– Mi okom lett volna megölni?

Milla csak nézte.

A férfi ideges lett.

– Engedd le a liftet. Be kell kötöznöm az ujjamat. Már dagad.

Milla nekidőlt a gomboknak.

– Mit akarsz tőlem? – kérdezte Nándor.

– Miről vitatkoztatok?

A férfi homloka gyöngyözni kezdett. Előhalászott egy zsebkendőt, és megtörölte az arcát.

– A szellemírója voltam – mondta ki végül.

Milla egy pillanatra sem reagált.

– Árnyékban éltem – folytatta a férfi. – Találó szó, nem? Az én fejemből jöttek a történetek. Ő csak... elmondta őket. Helyettem aratta le a babérokat. Tudod, milyen érzés ez?

Milla arcán együttérzés futott át – vagy inkább hitetlenkedés.

– Pontosan ezt a pillantást untam meg – mondta Nándor. – Ne sajnálj. Nem kell.

Milla szólni akart, de a férfi leintette.

– Az én hibám volt. Belementem. Eleinte jó mókának tűnt. Egy gyönyörű nő mondta ki a gondolataimat. Ő volt a külső, én a tartalom. Egy darabig működött. Aztán több kellett neki. Több, mint amit adni akartam.

– Ki akartál lépni – mondta Milla.

– Igen.

– Ami az ő karrierje végét jelentette volna.

Nándor bólintott.

– Halottról jót, vagy semmit – tette hozzá.

– Halottról az igazat – javította ki Milla. – Az nem mindig szép.

Nándor nem válaszolt.

Csend lett.

– Még mindig te vagy az első számú gyanúsítottam – szólalt meg végül Milla.

A férfi felnevetett.

– Elmondtam mindent. Miért öltem volna meg?

– Pont ezért – mondta Milla. – Nem engedett el. Nem láttál más kiutat.

– Ez nevetséges – mondta Nándor, bizonytalan hangon. – Igen, elegem volt. De ő jelentette a megélhetésemet. Ha elveszítem, azt is kockáztatom.

– Elég gyenge érv – jegyezte meg Milla.

Nándor kapkodni kezdett.

Aztán felcsillant a szeme.

– És Pál?

– Mi van vele?

– Őt is megölték. Ha én lennék a gyilkos, miért? Kedveltem.

Milla elgondolkodott. Ez nem illett a képbe.

Lassan kifogyott a kérdésekből.

Megfordult, és megnyomta a földszint gombot.

A lift újra megindult.

Nándor felsóhajtott.

Milla már az ajtó felé fordulva, félvállról vetette oda:

– Egyébként sem biztos, hogy ugyanaz ölte meg mindkettőt.

Az ajtó kinyílt.

Milla kilépett.

Nándor utána nézett. Megkövülten állt.

Mint akit kihallgattak.

***

Milla csatlakozott barátnőjéhez. A recepciónál kértek egy-egy lattét. A pult előtti fotelek egyikében Zoé ült, magába roskadva. Róza leült mellé.

– Kudarcot vallottam – mondta a táborvezető.

Milla még a pultnál állt, de erre már ő is odafordult.

– Ezt hogy érted?

Zoé elővette a gyűrött szórólapot.

– Emlékeztek, mit ígértem?

Felolvasta:

„Szeretettel várunk a Penna Íróiskola tavaszi írótáborában. A háromnapos elvonulás igazi feltöltődést jelent, kiszakadást a mindennapokból. Inspirációra, családias légkörre, nyugalomra, jókedvre számítsatok. Izgalmas programokkal, műhelymunkával, kreatív feladatokkal készülünk."

Mélyet sóhajtott.

– Ezek közül egy sem teljesült. Családias légkör? Két résztvevő meghalt. Nyugalom? Nézzetek körül. Felforgatták az egész kastélyt. Jókedv? Ettől a szótól kiráz a hideg. Az „izgalmas program" alatt pedig nem kettős gyilkosságot értettem.

Róza együttérzően bólintott. Milla a szórólapot nézte. Az elmúlt napok fényében tényleg bizarr volt. Majdnem elmosolyodott, de időben visszafogta magát.

– Nem tehetsz róla – mondta Róza, és megsimogatta Zoé karját.

Zoé habozott, aztán kibukott belőle:

– Végeztem.

– Ne add fel – próbálta nyugtatni Róza. – Rengeteget dolgoztál. Ez a hétvége így is sokat adott. A feladatok jók voltak, a hangulat... legalábbis eleinte. Amit csinálsz, az fontos.

– Ne hagyd, hogy pár... kellemetlen esemény elvigye az egészet – tette hozzá Milla. – Néhány gyilkosság még nem tesz tönkre egy íróiskolát.

Zoé elmosolyodott, de csak egy pillanatra.

– Be kell zárnom a Pennát. Tönkrementem.

Milla és Róza összenéztek.

– Egész télen a csőd szélén voltam – folytatta Zoé. – Ez a

tábor mentett volna meg. Jól indult minden. Jöttetek ti, a lelkes tanoncok. A részvételi díjakból ki tudtam volna fizetni az adósságaimat. Fiorella viszont többet akart. Hiába mondtam, hogy nem így állapodtunk meg. Nem érdekelte.

Zoé sírni kezdett.

Milla visszafogott egy sóhajt. Kezdte úgy érezni, a napjuk nagy része zokogó nők vigasztalásából áll.

Megvárta, míg Zoé valamelyest megnyugszik.

— Összevesztetek Fiorellával?

Zoé bólintott. Aztán hirtelen rájött, mire megy ki a kérdés.

— Arra célzol, hogy én öltem meg?

Milla nem válaszolt.

A csend beszélt helyette.

Zoé Rózára nézett.

— Teljesen megőrültetek.

Róza megfontolta a szavait.

— Ha erről a rendőrség tud, gyanúba keveredhetsz. A pénz erős indíték. És volt köztetek elszámolási vita.

Milla nem kertelt.

— Tulajdonképpen zsarolt téged. Ezért akár meg is ölhetted.

Zoé pipacspiros lett. Felpattant, és Milla arcába hajolva szinte kiabált:

— Semmi okom nem volt megölni! A pénzemet nem kapom vissza!

— De legalább nem kellett kifizetned, amit követelt — mondta Milla csendesebben.

Zoé szólt volna, de nem jött ki hang a torkán. Átlépett a

kisasztal és a pult között, és majdnem félrelökte Millát, ahogy a mosdók felé indult.

Végszóra a pult mögött megjelent Lili.

***

Milla és Róza rendeltek a pultnál, majd kimentek a teraszra. Lili néhány perc múlva tálcán hozta a rendelést. Milla elé illatozó cappuccinót tett le, Róza nagy adag lattét kapott.

Megköszönték, halványan rámosolyogtak. Lili igyekezett nyugodtnak látszani. Enyhén remegő kezét a háta mögé rejtette az üres tálcával együtt. Amikor megkérdezte, kérnek-e még valamit, és nemmel feleltek, visszament a recepcióhoz.

Milla kinyitotta a drakulás füzetét.

— Nézzük, mit tudtunk meg eddig.

Róza rátette a kezét a karjára.

— Ezt inkább ne itt — mondta halkan. — A falnak is füle van.

Finoman a parkot átkutató rendőrök felé biccentett.

Milla bólintott, de már lapozott is. A tekintete végigfutott a neveken, nyilakon, aláhúzásokon. Mintha már összeállna valami.

Róza a parkoló felől érkező hangokra figyelt fel. A hátsó kijárathoz vezető ösvényen valaki határozott utasításokat osztogatott.

A barátnők egyszerre álltak fel, és leléptek a teraszról az épület oldalához.

Szilvesztert két rendőr kísérte az autók felé. A csuklóján

elöl összezárt bilincs volt. A férfi válogatott káromkodásokkal szidta az egyenruhásokat.

– Ezt még megkeserülik! Hogy merészelnek megalázni egy híres írót? Nem tudják, ki vagyok? – tombolt.

– Uram, haladjon a gépjármű felé!

– Ne mondja már, hogy egy kis nyugtatót sem tarthat magánál az ember! – csattant fel Szilveszter.

A rendőr enyhén meglökte a vállát.

– Mi történt? – kiáltott oda Milla.

– Milla... – sziszegte Róza. – Inkább választom a tudatlanságot, mint az ordibálást.

Szilveszter azonban örült a közönségnek.

– Felháborító! – kiabálta. – Megtalálták a nyugtatómat, és rám akarják kenni a kábítószer-birtoklást. Valami dizájner drogról beszélnek. Nem is hallottam még semmilyen Calveniumról!

– Drog? – nézett össze Milla és Róza.

Milla arca megváltozott.

– Szilveszter, hívj fel egy ügyvédet! – szólt még oda, de már nem figyelte a választ.

A gondolatai máshol jártak.

A férfit beültették a járőrkocsiba. Az autó legurult a lejtőn, a sorompó felnyílt, majd eltűnt a kijárat utáni kanyarban.

Róza Millára nézett.

– Már megint rájöttél valamire.

– Valami nem stimmel. Calveniumot találtak Pál szervezetében is.

Róza döbbenten nézett rá.

– Ez biztos? Honnan tudod?

– Kihallgattam egy beszélgetést, amikor Hajdú felügyelő Sárközinek adta az utasításokat.

Róza sóhajtva bólintott. Jól ismerte a barátnőjét. Milla nem érezte kínosnak, ha néha hallgatózott. A kíváncsisága erősebb volt a szégyenérzeténél.

– Szilveszternek köze lehet Pál halálához? Ezt egyszerűen nem tudom elhinni.

– Nekem is furcsa. Igaz, néha vitáztak – mondta Milla.

– Véletlen egybeesés is lehet – merengett Róza.

Milla megrázta a fejét.

– Fiorellával kifejezetten utálták egymást. El tudom képzelni, hogy Szilveszter tette el láb alól. Így már lehet összefüggés a két ügy között. Tudod, nem hiszek a véletlenekben.

Róza bólintott.

– Igen, az írónő halálát még megérteném, de hogy jön a képbe Pál?

– Talán tudott valamit, amit nem kellett volna. Olyat, ami könnyen az ország két leghíresebb írójának a vesztét okozhatta.

Róza teljesen összezavarodott. Két gyilkos lenne? Az írók megölték Pált, mert veszélyt jelentett rájuk, aztán Szilveszter az írónő ellen fordult? Fiorella megfenyegette volna? De akkor miért nem a droggal ölte meg, ha Pálnál bevált? Vagy éppen ezért nem, mert Fiorella is tudott róla?

– Milla, én már semmit sem értek – sóhajtotta.

Barátnője nem válaszolt. Kinyitotta a füzetét, és jegyzetelésbe merült.

***

Róza telefonja rezegni kezdett.

– Zsombor az – mondta, és már állt is fel. Fogadta a hívást, majd elindult a teraszlépcsőkön a kastélypark felé.

Milla utána nézett. Tudta, ha Róza beszélni kezd a barátjával, az legalább fél óráig tart.

Nem bánta.

Egyébként is Vivit akarta megkeresni. A lánynak nyomós indítéka volt mindkét gyilkosságra. A Tanár többször is belegázolt a lelkébe, Fiorellát pedig egyenesen gyűlölte. Legalábbis ez rajzolódott ki a manifesztációs táblára írt bosszúszomjas kijelentéseiből.

Hol lehet?

Egy ideje nem láttam – futott át a fején.

Belelapozott a jegyzeteibe. Egy pontnál megállt. Ez az a rész, amihez jól jönne egy kis utánanézés – gondolta.

Felállt.

A szobájában gyorsabban tud keresni. Laptopon mindig könnyebb volt, mint telefonon. Róza úgysem fogja hiányolni.

Szerencséje volt: Era már nem volt bent. Csend volt.

Milla leült, kinyitotta a laptopot, és felütötte a drakulás füzetét.

Volt benne egy név, amit már régóta ellenőrizni akart.

Kiliti Gábor.

Még aznap jegyezte fel, amikor Vass Pál a Parkettás Szalonban kérdezgetett valakit.

Rákeresett.

Tiszahídvár. Egyetlen magánklinika.

Tulajdonos: Dr. Kiliti Gábor.

Milla egy pillanatra megdermedt.

Aztán lecsapta a laptopot.

— Megvan — suttogta.

Felugrott.

Azonnal beszélnem kell vele.

Olyan lendülettel indult ki a szobából, hogy a füzetét az asztalon felejtette.

***

Az emeleti folyosó üres volt. A rendőrök már végeztek a szobák átkutatásával. Milla lement az alagsorba, és körbenézett a Lovagteremben. Halk neszezés ütötte meg a fülét, valami kaparászott. Ez furcsa volt egy ilyen tisztán tartott, jól felügyelt helyen, mint a kastély vendéglátó része.

Megakadt a szeme a sarokban megbújó ajtón, amelyen a „Vészkijárat" felirat állt. Kinyitotta, és belépett a sötét lépcsőházba. Elővette a telefonját, világítani kezdett. A csiga alakban futó lépcsősor felfelé és lefelé is vezetett. Milla gyorsan végiggondolta, hová nyílnak az ajtók: a földszinten a Parkettás Szalon mellett, az emeleten a díszlakosztállyal szemben látta korábban a kijáratot.

Habozott, merre induljon.

Ismét motoszkálás hallatszott. Lentről jött, a mínusz kettő felől, ahol a pince volt. Pontosan ott találták Fiorella holttestét. Milla megborzongott. Eszébe jutott, hogy még nem is szólt Rózának. Rányomott a hívásra, de a vonal foglalt volt. Úgy tűnt, Rózának és Zsombornak bőven akadt mondanivalója.

A neszezés újra felhangzott.

Milla gyorsan írt egy sms-t. Egyetlen szóból állt az üzenet. Remélte, Róza érteni fogja. Bekapcsolta a telefon elemlámpáját, és nagy sóhajjal elindult lefelé.

Néhány lépcsőfok után éles fájdalom hasított a térdébe. Elejtette a mobilt, amely egy fokkal lejjebb megállt. Milla fájdalmában lerogyott a kőre, és rémülten nézte, ahogy a farmerján a vérfolt gyorsan terjed. Elővett egy papírzsebkendőt, és nadrágon keresztül próbálta rászorítani a sebre.

Ekkor meglátta Bálintot.

A fiú kezében kés volt.

Milla megdermedt, és a következő támadást várta, de Bálint lassan leeresztette a kezét, a kés kicsúszott az ujjai közül, majd hátával a falnak tántorodva lecsúszott ülő helyzetbe. A telefon elemlámpája kettőjük között hevert, éppen annyi fényt adva, hogy Milla lássa, mennyire sápadt a fiú.

— Bevettél valamit? Drogot? — kérdezte.

Bálint bólintott.

– Te ölted meg őket?

Milla hangja inkább megállapítás volt, mint kérdés. Mint aki régóta erre várt.

Bálintból kiszakadtak a szavak.

– A bátyám volt – zokogott fel.

Milla nem mozdult. Megvárta, amíg a fiú légzése valamelyest csillapodik.

– A Tanár bántotta őt?

– Zaklatta, megfélemlítette... tönkretette. Nem elég indok? – kezdett kiabálni Bálint.

Milla elborzadt.

– Ez szörnyű lehetett – mondta halkan. – Mikor történt mindez?

– Hat évvel ezelőtt. Tizenöt éves volt, én akkor voltam tizennégy.

Bálint már nem kiabált. Furcsán nyugodt lett.

– Nekem merte csak elmondani. Megesketett, hogy titokban tartom. El sem tudod képzelni, mekkora teher ez egy kamasznak.

Milla némán bólintott, Bálintból pedig ömleni kezdtek a szavak.

– Képzeld el azt az embert, akire felnézel. A mentorod. Azt hiszed, nélküle nincs értelme semminek. Nyálasan hangzik, tudom – de kamaszként így működik az ember. Feketefehérben látod a világot. Az árnyalatok csak később jönnek.

Fanyarul felnevetett.

– Márknak Pál ilyen volt. Mint egy apostol. Bármit mondott,

feltétel nélkül elhitte. Olyan volt neki, mint egy pótapa.

Milla hallgatott.

– Megértette a fiatalokat. Beszélt a nyelvükön. Kevés felnőtt képes erre.

Pont ezért bíztak benne.

Egy pillanatra megakadt.

– És éppen ezzel élt vissza.

Újra sírni kezdett.

– Vasárnap esténként vacsorára hívta őket. Egy kis kör alakult ki. Vidám esték voltak. Márk mindig mesélt róluk. Mindent tudtam.

A hangja megbicsaklott.

– Túl naiv volt. A Tanár mondogatta is, hogy az ártatlanság az arcára van írva. Egy napon tett róla, hogy ez eltűnjön.

Milla ujjai megfeszültek a kőpadlón, de nem szólt.

– Sötét, téli este volt. Egy tűzoltóautó állt meg a ház előtt. A többiek kimentek megnézni, mi történt. Márk bent maradt az ablaknál.

Rövid szünet.

– Aztán az egész környéken elment az áram.

– A Tanár odalépett hozzá. Először természetesnek tűnt. Aztán átkarolta.

– Márk megdermedt. Nem mert mozdulni. A többiek az utcán voltak. Senki nem látta.

– Elhúzta az ablaktól.

– Bevitte a hálószobába.

Nem folytatta. Nem is kellett.

Csend lett.

– Ami ott történt... arról már nem tudott beszélni.

– Utána soha többé nem ment vissza – mondta végül. – Nem mondta el senkinek. Próbált segítséget kérni, de nem hittek neki. A Tanárt védték. Márkot hívták rágalmazónak. Őt meg csak emésztette a szégyen meg a fájdalom.

Bálint lehajtotta a fejét.

– A szüleink előtt is titkolta a dolgot – folytatta Bálint halkan. – Aztán egyik nap ellopott egy gyógyszert nagyapa rendelőjéből. Szinte a fél gyerekkorunkat ott töltöttük, pontosan ismertük az összes pirula hatását. Márk is tudta, mekkora a halálos adag.

Egy pillanatra elhallgatott, újra látta maga előtt a jelenetet.

– Edzésről jöttem haza. Ilyenkor mindig leültünk a konyhába egy forró csokira. Beszélgettünk. Ez volt a saját tesóidőnk. Aznap nem várt a szokásos helyén. Már akkor rossz érzésem volt.

Milla nem szólt, csak figyelt.

– Felmentem az emeletre, kopogtam, szólongattam. Nem válaszolt. Az ajtó zárva volt. Felhívtam. A telefon bent rezgett.

Felnézett.

– Akkor már tudtam.

A hangja elcsendesedett.

– Betörtem az ajtót. Az ágyán feküdt. Aludt. Békés volt az arca... de hideg.

– Megfogtam a csuklóját. Akkor már nem volt kérdés.

Rövid szünet.

– Az éjjeliszekrényen két levél volt. Egy nekem. Egy a szüleinknek.

A lépcsőház csendje rájuk nehezedett.

– A szüleim nem bírták elviselni a gyászt – mondta végül. – Anyám két hónap múlva meghalt. Apám... amikor meghallotta... beült az autóba és elhajtott. A város szélén találták meg. A sínek mellett.

Nem részletezte.

– Hogyan éltem volna tovább? – nézett fel hirtelen. – Csodálkozol, hogy a bosszúvágy erősebb volt? A Tanár elvette a családomat. Megérdemelte, ami történt. Remélem, a Calvenium megtette a hatását.

Csend lett.

Néhány percig szótlanul ültek.

Milla végül óvatosan megszólalt.

– Nagyon sajnálom, ami a bátyáddal történt. Erre tényleg nincsenek szavak. De biztos vagy benne, hogy a gyilkosság volt az egyetlen út?

Bálint felkapta a fejét. A dühtől egy pillanatra visszatért némi szín az arcába.

– Ha jobban erősködöm... ha elmegyek a rendőrségre... ha aznap előbb érek haza... – hadarta. – Az én hibám. Nem érted? Valamit tennem kellett. Márkot nem hozhatom vissza, de a halálát megbosszulhattam.

Milla látta, hogy ebben az állapotban hiába érvelne.

Taktikát váltott.

– Hogy választottad ki a helyszínt?

Bálint lassabban beszélt tovább, de a hangjában már ott volt valami más is – büszkeség.

– Kerestem a lehetőségeket. Tiszahídvár túl kockázatos volt, ott sokan ismernek. Hónapokig figyeltem a profilját. Tudtad, hogy az emberek mindent megosztanak magukról?

Milla nem reagált. Hagyta beszélni.

– Látni lehetett, mi érdekli, hová jár. Több írókörben is benne volt. Felvettem velük a kapcsolatot. Aztán jött a poszt az írótáborról. Jelentkeztem. Biztos voltam benne, itt nem kötnek össze vele.

Milla tekintete egy pillanatra elidőzött rajta.

Nem volt ebben teljesen biztos.

– Megszereztem az adatokat a kastélyról is – folytatta Bálint. – Kamerák vannak mindenhol, de informatikus hallgatóként ez nem okozott gondot.

– Ezért volt ideges a menedzser – jegyezte meg Milla.

A fiú bólintott, és láthatóan örül, hogy valaki megérti.

– Vivi is benne volt? – kérdezte Milla.

Bálint arca megkeményedett.

– Az a lány a saját orránál sem lát messzebb – mondta. – Túl buta egy ilyenhez.

Milla nem szólt.

Valami még mindig nem állt össze.

– Fiorellával mi volt a helyzet? – váltott a nő.

– Megzsarolt – mondta a fiú, ez számára önmagában elegendő magyarázat volt egy konyhakéssel elkövetett gyilkosságra. – Összerakta a puzzle darabkáit. Meglátott, amikor kiosontam Pál szobájából. Rengeteg pénzt követelt.

Milla ekkor értette meg. Ezért nézett rá Fiorella olyan furcsán aznap este.

Figyelhettem volna jobban – futott át a fején, de azonnal el is vetette. Valószínűleg nem lett volna ráhatása a történtekre.

– Az a nő annyira kapzsi volt – folytatta Bálint keserűen –, egyenesen belesétált a csapdámba.

Milla nem válaszolt.

A szavak túl simán illeszkedtek egymáshoz.

És éppen ezért... nem volt bennük hiba.

***

Időközben a kastélyparkban Róza befejezte a telefonbeszélgetést Zsomborral. Megállapította, mennyire szereti ezeket a hosszan elnyúló csevegéseket vele, még úgy is, hogy néhány óra múlva úgyis találkoznak. Végül úgy döntött, felmegy a szobájába összepakolni, hogy ne kelljen kapkodnia.

Eszébe jutott, hogy beszélgetés közben üzenete érkezett. Éppen a főbejárat felé tartott, a murvával felszórt előkerten át, de a szikrázó napsütésben nem tudta elolvasni a kijelzőt. Egyelőre becsúsztatta a telefont a farmerja hátsó zsebébe.

Felsétált a lépcsőkön a teraszra, és körülnézett. Senki sem ült az asztaloknál. Az elmúlt két napban ilyenkor mindig akadt ott valaki – ha nem az írótáborosok, akkor helyiek vagy turisták. Most azonban senki nem jöhetett közel az épülethez. Furcsa volt ez a kiürült csend, de Róza inkább megkönnyebbült: nem hiányzott sem a kíváncsi tömeg, sem a média.

Néhány pillanatig megállt, és hallgatta a madarakat. A város zaja távolról, alig hallhatóan szűrődött fel.

Aztán belépett a recepcióhoz vezető folyosóra. Itt a szokásos félhomály fogadta. Elővette a telefonját, és megnézte az üzenetet.

„Vészkijárat."

Ennyi.

Róza gyomra összeszorult.

Azonnal megfordult, és futni kezdett a folyosón. Hajdút kereste. Vagy Sárközit. Vagy bárkit a rendőrök közül.

***

Milla érezte, hogy egyre több vért veszít. Hiába szorította a zsebkendőt a térdéhez, az már rég átázott. A keze csúszott a meleg vértől, amely megállíthatatlanul folyt végig a lábszárán.

Bálint tekintete kitisztult.

Hol késlekedik Róza? – futott át Milla fején.

– Meg kell, hogy öljelek – mondta hirtelen és előkapott valamit a zsebéből.

Milla rémülten látta: egy pisztoly.

– Kérlek, beszéljük meg – kezdte halkan.

Bálint megrázta a fejét, és rákiáltott:

– Nem! Az a rohadék megérdemelte a halált! Nem fogok miatta börtönbe kerülni!

– Nem is akartál igazán öngyilkos lenni, ugye? – próbálta húzni az időt Milla.

– Ez is a terv része. Eltereli rólam a figyelmet – mondta jéghidegen. – Sajnálom, de nem kockáztathatok.

Ebben a pillanatban lelassult az idő. A hangok eltávolodtak. A külvilág tompult.

Szaggatott képek villantak fel.

Milla látta, ahogy Bálint meghúzza a ravaszt.

A pisztoly csövére nézett. Olyan volt, mint egy vasúti alagút. Mély, sötét... és valami már közeledett benne.

Honnan jutott ez eszébe?

A gondolatai száguldani kezdtek.

Hol marad az életem lepergése? Miért csak ezt nézem? Miért nem mozdulok?

A dörrenés végül megérkezett.

A lépcsőház falairól visszaverődve úgy szólt, mintha több irányból lőnének. A füle zúgni kezdett, és ezzel minden más hang eltűnt.

Várta a fájdalmat.

Nem jött.

Csak a lüktetés a fülében.

Az utolsó kép: Bálint tágra nyílt tekintete.

Aztán mindent elnyelt a sötétség.

***

Róza és a rendőrök a földszinti folyosón rohantak végig, a Parkettás Szalon mellett megbúvó vészkijárat felé. Róza legszívesebben feltépte volna az ajtót, de a rendőrök a közelébe sem engedték. Elővették a fegyvereiket, és ebben a pillanatban meghallották a lövést.

Az ajtót azonnal berúgták.

A csigalépcső egyszerre vezetett felfelé az emeletre és lefelé a pincébe. Hajdú intett Sárközinek, hogy menjen fel. Ő maga az egyik egyenruhással lefelé indult. A falnak vetett háttal, óvatosan haladtak, lépcsőről lépcsőre.

Róza előrelépett volna. Már a kezét is nyújtotta az ajtó felé.

A rendőr elkapta a karját.

— Kisasszony, kérem, maradjon itt.

Róza kirántotta volna magát. A hang már a torkában volt, hogy rájuk kiáltson: siessenek, azonnal, most! Nem jött ki. A pánik inkább belül maradt, szorította a mellkasát, és nem engedte megszólalni.

— Üljön le a szalonban — próbálta a rendőr elterelni a figyelmét.

Róza megrázta a fejét.

Nem ül le. Nem vár. Nem így.

De mégis ott maradt.

Hosszú percek teltek el. Vagy csak másodpercek. Nem tudta. Az idő szétesett. Nem dördült újabb lövés. A távolodó lépések hangja lassan elhalt, utána csak a csend maradt.

Róza úgy érezte, szétfeszíti a fejét az idegesség.

Sárközi gyors léptekkel tért vissza fentről.

– Az emelet tiszta – jelentette.

A másik rendőr biccentett. Hajdúék még odalent.

Sárközi azonnal visszafordult, és eltűnt a lépcsőházban.

Róza megint mozdult volna.

A szorítás erősebb lett a karján.

– Kérem, ne kelljen megbilincselnem.

A szó megakadt benne. Csak bólintott. Vagy talán még azt sem.

A lába remegett. Nem tudta eldönteni, a hidegtől vagy attól, amit nem akart nevén nevezni.

Újabb percek.

Aztán recsegés.

Az adóvevő.

Hajdú hangja tört át rajta, szakadozva, távolról.

– ...hívjanak... mentőt...

A szó beleakadt a fejébe.

Mentőt.

Róza körül minden elhalkult. A folyosó, a rendőr, a saját légzése.

A férfi ujjai a húsába mélyedtek, de már alig érezte.

Csak egy gondolat maradt.

Milla.

Aztán elsötétült előtte a világ.

***

POMÁZON HALLOTTAM – Zárt csoport, 6 215 tag

Admin

A kastélyban történtek miatt megszaporodtak az agresszív kommentek. Ezért a mai naptól elkezdjük kiszűrni az összes olyan hozzászólást, amelyek politikai összeesküvés elméletekről szólnak, vagy a hatóság munkáját bírálják, és amelyek egyébként a szabályzatunkkal ellentétesek. Megértéseteket köszönjük!

2836 hozzászólás, 882 megosztás

Tóth Béláné

KEDVES ADMIN NAGYON HELYES NEM VALÓ IDE MINDENFÉLE JÖTTMENT

Név nélküli tag

Na, megjöttek a nyuggerek. Ők politizálnának a legbőszebben.

Lukács Lajos

FIATALEMBER MODERÁLJA MAGÁT. ITT KETTŐS GYILKOSSÁG TÖRTÉNT

Bagdi Tibor

Tudja valaki, mi történt pontosan?

Erzsébet Székely

Állítólag ma fog megjelenni az újság különszáma erről az ügyről.

Váradi Zsolt

@Erzsébet Székely, mármint a Pomázi Polgárnak?

Erzsébet Székely

@Váradi Zsolt, igen. A Pomázi Polgár különszáma,

Rendőrségi hírek címmel. Az egész erről az esetről fog szólni.

Váradi Zsolt

@Erzsébet Székely, köszönöm az infot, figyelni fogom a megjelenést.

Petőfi Sándor

Azt hallottam, írótábor volt a kastélyban és a hétvége alatt minden tagot kinyírtak.

S.Szandi

Admin, hol vagy? Petőfi Sándor rémhíreket terjeszt. Ilyen egyértelműen kamu profillal egyáltalán miért vették fel a zárt csoportba? Admin csinál egyáltalán bármit? Hahó!

N.T.

@S.Szandi, miért lenne álprofil? Nem hívhatnak így valakit?

Somogyi Zita

@N.T. Te sem mered felvállalni sem a neved, sem az arcod? Petőfi Sándor egyértelműen álprofil.

Petőfi Sándor

Megérkeztek az okostojások. Jelezném, a tagfelvételnél nem volt kikötés, hogy a valódi nevemmel legyek beregisztrálva.

Kill R

Szerintem lendüljünk túl a „valódi név kontra álnév" témáján. Nem ezért vagyunk itt. A kastélyban történt gyilkosság érdekel mindenkit.

Lukács Lajos

KETTŐS GYILKOSSÁG TÖRTÉNT

Kovács Erzsébet

LAJOS, HONNAN TUDOD?

Somogyi Zita

Én is azt hallottam, ketten meghaltak. De nem tudom, kik voltak azok.

Timi Horváth

Ki ölte meg őket?

Tóth Béláné

HA IGAZ, AMIT A SZOMSZÉD MARI MOND ÉS AZ EGYIK ÁLDOZAT A KEDVENC ÍRÓNŐM AKKOR NAGYON EL LESZEK KESEREDVE

Kovács Erzsébet

KI A KEDVENC ÍRÓNŐD?

Tóth Béláné

SEBES FLÓRA

Kovács Erzsébet

ŐT ÉN IS NAGYON SZERETEM. NEM HALLHATOTT MEG!!

Név nélküli tag

Meghallni vagy meghalni? Ez itt a kérdés!

Gergely Ágnes

Nem vicces, főleg, ha tényleg igaz. Az biztos, hogy ketten meghaltak.*Név nélküli tag*

Miért biztos? Mert Lukács Lajos azt állítja?

N.T.

Több ember halt meg.

Erzsébet Székely

@N.T. Mi van???? Hányan haltak meg???

Petőfi Sándor

Mondom én, hogy minden tagot kinyírtak. Nem hisz nekem senki.

Somogyi Zita

@Petőfi Sándor ezzel a névvel nem csodálkoznék a helyedben, hogy nem hiszünk neked.

Petőfi Sándor

Témánál vagyunk ismét.

Bagdi Tibor

Kérem, csak olyan szóljon hozzá, aki pontos információkkal rendelkezik az ügyről.

N.T.

Az egyik ismerősöm a rendőrségen dolgozik. Tőle tudom, hogy többen meghaltak.

Gergely Ágnes

De kik haltak meg? Hogyan? Megölték őket? Ki a gyilkos?

N.T.

Egyelőre ennyit tudok. Ha lesz bővebb infóm, tudatom a csoporttal.

Pomázi Polgár XXXIV. évfolyam, Különszám

Bűnügyi hírek

Kiderült az igazság? Kettős gyilkosság történt a Teleki-Wattay Kastélyban?

Tragédia az írótáborban

Meghökkentő kettős gyilkosság rázta meg a hétvégén a Teleki-Wattay kastélyban tartott írótábort. A háromnapos rendezvény, amelyet amatőr írók számára szerveztek, rémálommá vált. Két halálesettel zárult a szórakozásnak induló program.

A rendőrség megerősítette: az áldozatok egyike a tábor résztvevője, egy nyugdíjas tanár, a másik egy országosan ismert, közkedvelt írónő, akinek neve egyelőre nem nyilvános az eljárás érdekei miatt.

A hatóságok közlése szerint a gyilkosságokkal az írótábor egyik résztvevőjét gyanúsítják. Az elkövető a támadások után megpróbált önkezével véget vetni életének. A sajtónak egyelőre nem erősítették meg, hogy az öngyilkossági kísérlet sikerült-e.

Szerző: Puskás Emma

Fotó: Miszlicki Tamás

Találgatások harmadik áldozatról

A környékbeliek körében gyorsan terjedni kezdett a pletyka, miszerint a rendőrség egy harmadik holttestet is elszállított a helyszínről. Ezt több tanú is látni vélte, azonban a hatóságok határozottan cáfolták a hírt. Kérdésünkre tömör választ kaptunk: „Két áldozatról tudunk, további holttest nem került elő".

A kastélyt a vizsgálatok idejére lezárták, a résztvevőket és a személyzetet kihallgatták. Információink szerint a gyilkos viselkedése már korábban is „szokatlanul zavartnak" tűnt. Ezt az állítást a hatóságok nem kommentálták.

Az írótábor szervezője levélben fejezte ki részvétét. „Egy alkotásra, művészi inspirációra, tanulásra szánt hétvége végződött tragédiával. Mély megrendüléssel őrizzük szívünkben az áldozatok emlékét, és fejezzük ki őszinte részvétünket családjuknak".

A pomázi közösségben nagy a felháborodás és a félelem, hogy a kastélyban ilyen szörnyűség történhetett.

A rendőrség nyomozást folytat emberölés bűntette miatt, és ígérik, hogy a következő napokban további részleteket fognak közölni. Egyelőre azonban több a kérdés, mint a válasz. Köztük az is, hogy valóban kettő, vagy esetleg több áldozata volt-e a tragikus hétvégének.

Szerző: Puskás Emma
Fotó: Miszlicki Tamás

Tass Gábor rendőrségi szóvivőt kérdeztük

Riporter:

Mit lehet tudni a pomázi Teleki-Wattay kastélyban történt tragédiáról?

Szóvivő:

A nyomozás jelenleg is folyamatban van. Annyit megerősíthetek, hogy kettős haláleset történt a helyszínen, és egy állampolgárt kórházban ápolnak. A részletekről azonban az eljárás érdekei miatt nem áll módomban többet mondani.

Riporter:

Igaz, hogy a gyanúsított is az írótábor résztvevője volt?

Szóvivő:

A gyanúsított személyéről — akárcsak az áldozatokról — egyelőre nem szeretnénk részleteket közölni. Annyit mondhatok: a helyszínen tartózkodó személyek körében keressük az összefüggéseket.

Riporter:

Tudjuk, hogy az elkövető öngyilkosságot kísérelt meg. Életben van?

Szóvivő:

Erről sajnos nincs módomban nyilatkozni.

Riporter:

Több szemtanú azt állította, hogy a helyszínről egy harmadik holttestet is elszállítottak. Meg tudja ezt erősíteni vagy cáfolni?

Szóvivő:

A rendőrség hivatalosan két áldozatot azonosított.

A pletykákat nem szeretnénk kommentálni, mert félrevezethetik a nyilvánosságot. A vizsgálat a tényekre támaszkodik, és jelenleg két halálesetről van információnk.

Riporter:

A kastélyból származó hírek szerint az egyik áldozat ismert írónő. Lehet tudni, kiről van szó?

Szóvivő:

A rendőrség egyik áldozat nevét sem hozza nyilvánosságra addig, amíg a családot hivatalosan nem értesítették, illetve a nyomozás állapota nem teszi lehetővé. Kérem, tartsák tiszteletben az érintettek magánéletét.

Riporter:

Van bármilyen arra utaló jel, hogy az elkövetés hátterében személyes konfliktus, féltékenység vagy szakmai rivalizálás állhatott?

Szóvivő:

Minden lehetséges motivációt vizsgálunk. Az emberölés hátterének feltárása a nyomozás része. Nem szeretnék részletekbe bocsátkozni, mert az befolyásolhatja a későbbi vallomásokat.

Riporter:

Az írótábor többi résztvevője szabadon távozhatott? Vagy továbbra is őrzik őket?

Szóvivő:

Mindenki, aki a helyszínen tartózkodott, együttműködő magatartást tanúsított. A kihallgatások egy része lezajlott, más részük még tart. Senki sincs őrizetben, akinek ottlétét ne indokolná a jogi helyzet.

Riporter:

Mikorra várható részletesebb tájékoztatás?

Szóvivő:

Amint olyan szakaszba ér a nyomozás, amely lehetővé teszi a szélesebb körű tájékoztatást, természetesen meg fogjuk osztani a szükséges információkat. Jelenleg a szakmai munka élvez elsőbbséget.

Riporter:

Köszönöm a válaszokat, még ha nem is sikerült mindenre fényt deríteni.

Szóvivő:

Megértésüket köszönjük. Célunk a tények feltárása és az igazság szolgálata.

Riporter: Sásdi Fanni

„Én csak annyit láttam, hogy mindenki rohangált" — Interjú egy szemtanúval

Riporter:

Ön az írótábor résztvevője volt?

Szemtanú:

Nem, én csak kutyát sétáltatni indultam. A kerítésen át figyeltem fel az eseményekre.

Riporter:

Mit vett észre pontosan?

Szemtanú:

A rendőrautókat.

Riporter:

Látta, hogy elvisznek valakit?

Szemtanú:

Igen, bár nem igazán tudom, ki voltak azok. Két embert biztosan kivezettek és betessékeltek a rendőrautókba. Nem tűntek sérültnek, legalábbis messziről nem látszott rajtuk. Csak elég idegesek voltak. Talán kiabáltak a rendőrökkel, de ezt ilyen távolságból nem hallottam.

Riporter:

Mentőt is látott?

Szemtanú:

Igen. A mentő később jött, mint a rendőrök. Egy hordágyat vittek ki. Nem láttam, ki volt rajta, mert betakarták.

Riporter:

Hullaszállítót is említett. Az mikor érkezett?

Szemtanú:

A mentő után nemsokára. Fekete furgon volt, sötétített ablakkal. Tudja, az a tipikus. Ketten szálltak ki belőle, gyorsan dolgoztak. Őket még annyira sem láttam jól, mint a többieket. Csak azt, hogy valamit felpakoltak hátulra. Sok mindent nem lehetett látni. Őszintén szólva, nem is akartam bámészkodni.

Riporter:

A bentiek közül tudott valakivel beszélni?

Szemtanú:

Sajnos nem.

Riporter:

Ön szerint többen is megsérültek?

Szemtanú:

Fogalmam sincs. Amit láttam, abból bármi lehetséges. Rendőrautó, mentő, hullaszállító — ezek együtt nem sok jót jelentenek. De hogy hány emberről volt szó, kikről, vagy mi történt bent pontosan, arról én tényleg semmit nem tudok.

Riporter:

Megviselte a látvány?

Szemtanú:

Inkább a bizonytalanság. Amikor csak a kapun kívül állsz, és látod, hogy bent valami nagy baj van, de senki nem mond semmit. Ez elég kellemetlen érzés.

Riporter:

Köszönöm szépen az információkat.

Riporter: Gáti Réka

***

Két nappal később szokatlanul meleg, szinte nyárias idő köszöntött az országra. Róza az Észak-Pesti Centrumkórház — régebbi nevén Honvédkórház — vörös téglás épületkomplexumában kereste a megfelelő osztályt. Néhány folyosó és több betegirányító pult után végre rátalált a liftre, amely felvitte a második emeletre. Innen már könnyen megtalálta a 202-es szobát.

A kórterem ajtaja tárva-nyitva állt, ahogy a magyar

kórházakban szokás. Róza belépett, és elszoruló szívvel nézett az ágynemű fehérségébe süppedő, sápadt arcra. Milla csukott szemmel feküdt. Nem lehetett eldönteni, alszik-e.

Róza halkan köszönt a többi betegnek, majd a fal mellett megállt. Nem akarta felébreszteni.

Milla azonban kinyitotta a szemét, és elvigyorodott.

— El sem tudod képzelni, mennyire örülök neked! — már emelkedett volna fel, de Róza odalépett, és szelíden visszatolta.

A betegágy mellé húzott egy háromlábú, fehér műbőrrel bevont sámlit, és megsimította Milla alkarját. A lány kézfejéből branül állt ki.

— Hogy érzed magad?

Milla erőtlenül elhúzta a száját.

— Jobban. Csak egy karcolás.

Róza összehúzta a szemöldökét.

— A lábad, vagy a golyó ütötte seb?

— A térdem már szinte be is gyógyult — legyintett Milla. — A lövedék csak súrolta az oldalamat. Nem ért létfontosságú szervet, és nem maradt bennem. Elállították a vérzést, kitisztították, összevarrták. Néhány nap, és mehetek haza.

Róza fürkészte az arcát. Nem tudta eldönteni, mennyi ebből a megnyugtatás, és mennyi az igazság. Végül nem kérdezett rá. Majd az orvostól.

— Artúr mesélte már, mi történt?

— Mire gondolsz? — kérdezett vissza Milla. Az elmúlt napokban túl sok minden történt.

Artúr inkább a gyógyulásáról beszélt. A kastélyról még nem.

– Bálint túlélte az öngyilkossági kísérletét – mondta Róza.

Milla nem válaszolt azonnal. A gondolatai elkalandoztak. Örült, hogy a fiú él, de azt is tudta, mi vár rá.

– Felelni fog a tetteiért – folytatta Róza. – Megértem az indítékait, de ez nem mentség.

Ekkor belépett egy nővér. Sorra végignézte a kórlapokat, mindenkinek mondott pár biztató szót. Milla ágyánál megállt, Rózának is biccentett.

– Jobban van?

– Hazaengednek? – kérdezte Milla félig tréfásan.

A nővér türelemre intette, majd továbbment.

Amikor ketten maradtak, Róza megszólalt:

– Bocsánat, hogy kinevettelek.

Milla kérdőn nézett rá.

– Pál kísértetet látott.

Milla továbbra sem értette.

– A bemutatkozásnál. Amikor meglátta Bálintot. A fiú szakasztott mása volt a bátyjának.

Milla elfordult, durcás arcot vágott.

– Ezt most komolyan mondod?

Aztán elnevette magát.

– Nekem már az is gyanús volt, amikor nem árulta el Vivinek, hogy Tiszahídvárról jött – mondta. – De annyi mindenki volt gyanús...

– Ádám is furcsán viselkedett – folytatta Róza. –

Állandóan méregetett. Pál még meg is fenyegette. Akkor nem értettem.

— Piti tolvaj — mondta Milla.

— Az — hagyta rá Róza.

Egy pillanatra elcsendesedtek. A hétvége lassan állt össze bennük.

— Maradt még pár kérdés — szólalt meg Róza. — Mikor lopta el Bálint a királykulcsot?

— Valószínűleg amikor a kamerákat is kiiktatta. Régóta készült erre. Biztosan járt ott korábban.

— Fiorella észrevehette?

Milla tétovázott.

— Lehet. Vagy később rakta össze. Látta, amikor kisurrant a Tanár szobájából. Én is láttam valakit akkor. Csak nem tudtam, ki az.

— Értem.

— Meg is zsarolta — folytatta Milla. — Ráadásul a szemünk előtt.

— A vers?

— Fenyegetés.

Megint csend lett. A kép összeállt.

— Mi lesz Vivivel? — sóhajtott Róza. — Bele fog betegedni.

— Ismered. Túl fogja élni — mondta Milla. — Inkább Zoé miatt aggódom. Bezárja az iskolát?

Róza lebiggyesztette az ajkát.

— Furcsa ezt kimondani... de Fiorella halála még jól is jött neki.

Milla bólintott.

– És a „börtönbe vetettek"? Szilveszter, Ádám?

– Majd a bíróság eldönti.

– Nándor?

– Végre kiléphet az árnyékból.

– Nyálas romantikus regényekkel? – húzta el a száját Milla.

– Vigyázz – nevetett Róza. – Komoly olvasótábora van.

– Egy biztos: Era – mondta Milla halálos komolyan.

– Őt sajnálom – halkult el Róza. – Egyedül ő gyászol igazán.

Milla szeme felcsillant.

– Látod? Nem volt igazad.

– Miben?

– A kíváncsiságommal kapcsolatban.

– Pedig lett baj belőle – mondta Róza, nem túl meggyőzően.

Milla megszorította a kezét.

– Inkább segített. Megtaláltuk a gyilkost.

– Legközelebb bízzuk a rendőrségre? – próbálkozott Róza.

Milla vigyorgott.

– Született nyomozók vagyunk. Kell egy név.

Róza először csak nézett rá, aztán elnevette magát.

– Kamilla és Róza Nyomozóiroda?

– Inkább Róza és Milla?

– Ugyan, te vagy az agy – tiltakozott Róza. – Legyen Millaróza. Kicsit maffiás.

Milla elmosolyodott.

— Millaróza Nyomozó Klub?

— Klubból sok van.

— Millaróza Detektív Duó?

— Nem rossz.

— Millaróza Rejtélyei?

Róza elgondolkodott.

— Ez tetszik.

Milla arca felragyogott.

— Akkor megalapítom a Millaróza Rejtélyei nevű, kétszemélyes nyomozó... bármit.

— Lesz még több ügyünk is? — kérdezte Róza színpadiasan. — Artúr és Zsombor imádni fogja.

— Ebben nem lennék biztos — mondta Milla.

— Irónia volt — nevetett Róza.

EPILÓGUS

Hónapok teltek el az írótábor óta. A Teleki–Wattay Kastélyban már nem a kettős gyilkosság volt a fő téma. Új programok követték egymást: hétvégenként esküvők, hétköznap céges rendezvények. A könyvklub ismét összeült, a parkban filmforgatás kezdődött, a grófi szalonban kiállításra készültek. Ősztől a szomszédos zeneiskola növendékeinek koncertjei töltötték meg a termeket. A tragédia lassan elcsendesedett. Legalábbis a kastély falai között.

Milla és Róza azonban úgy érezte, mindez tegnap történt.

A csípős januári hideg azonnal az arcukba mart, amikor kiszálltak az autóból. Egészen más volt, mint az a napfényes, májusi érkezés. Ezúttal négyen jöttek: velük volt Zsombor és Artúr is.

— Milyen érzés újra itt lenni? — kérdezte Zsombor.

— Borzongató — felelte Milla. — Most szó szerint is.

— Jó lenne, ha nem csak a rossz emlékek jutnának eszembe erről a helyről — mondta halkan Róza.

— Majd a szabadulószoba segít — próbálta oldani a hangulatot Artúr.

— Izgalmas lehetett — jegyezte meg Zsombor.

Milla szomorkásan elmosolyodott.

— Az nem a legjobb szó rá. A mai program talán igen.

Felfelé indultak a lépcsőn. Milla és Róza egymásba karoltak, szinte ösztönösen. A két férfi lemaradva beszélgetett mögöttük. A lépcső tetején megálltak, és visszanéztek a völgyre. A növényzet télen visszahúzódott, a kilátás tágasabb lett, mint májusban.

– Még mindig gyönyörű – sóhajtotta Róza.

– Szép hely – mondta Artúr. – Ez melyik család címere?

Milla és Róza egyszerre nevettek fel. Ugyanez a kérdés jutott eszükbe az első napon is.

– A Wattay családé – válaszolta Róza. – Utánanéztem. Az 1772-es dátum a kastély építésének kezdete, a jelmondat pedig latinul van: *iuncta vis fortior*. Egységben az erő.

Milla elismerően nézett rá.

– Menjünk be, mert szétfagyok – tette hozzá Róza.

A tornác üres volt, a bútorokat már behordták. Senki nem akart a hidegben üldögélni. Beléptek a főbejáraton. A recepciónál egy magas fiatalember várta őket.

– Üdvözlöm Önöket a Teleki–Wattay Kastélyban. Kiss Nimród vagyok, a játékmester. Jártak már nálunk?

A férfiak nemet intettek. Milla és Róza inkább hallgatott. Nimród zavartalanul folytatta:

– A szabadulószoba nem az épületben van, hanem kívülről, egy alagúton át közelíthető meg. Mutatom az utat. Tegeződhetünk?

A csapat örömmel fogadta, és követték. Kiléptek a teraszra, balra fordultak a murván. Egy sétányra értek, amely a játszótér mellett vezetett el.

– Wass Albert – mutatott jobbra Zsombor – kilencven éves koráig élt?

Az író mellszobrát díszkövek keretezték. A „Magyarság halhatatlan írója" felirat alatt koszorú feküdt.

A lejtős ösvény végén Nimród balra fordult. Itt a gyalogút kiszélesedett. Egy kapuhoz értek, ahonnan kaviccsal felszórt alagút vezetett a mélybe. A lejáratot vasrács zárta. A játékmester kinyitotta, és előrement.

Dohos szagú, tágas, boltíves térbe jutottak – a Pomázt behálózó, egykori, lovaskocsival is járható borospincék egyikébe. A folyosó végén kiszélesedett a járat, és egy nagyobb terembe értek. Innen nyílt a szabadulószoba: Nikola Tesla titkos laboratóriuma.

– Ismeritek a szabadulószobák általános szabályait? – kérdezte Nimród az ajtóban.

A két pár buzgón bólogatott. Rutinos játékosok voltak. Tudták, hogy logikai feladványokat kell megoldaniuk, és hatvan percük van kijutni.

– Nikola Tesla többször is járt Pomázon – folytatta Nimród. – Mint minden rendkívüli embert, őt is legendák és rejtélyek övezték. Az egyik ilyen a titkos laboratóriuma. Ide fogtok belépni.

A csapat figyelmesen hallgatta.

– Felfedezéseit gyakran elorozták a kortársai, ezért rejtette el a leírásokat itt – mutatott körbe. – A feladatotok, hogy megtaláljátok a dokumentációkat. Ha elakadtok, szóljatok. A másik teremből kamerán figyellek benneteket, walkie-talkie-n hallom, amit mondotok. Van kérdés?

Intettek, hogy nincs.

– Jó szórakozást! – tárta ki az ajtót.

Milláék izgatottan léptek be.

– A piros vésznyitó gombbal bármikor kijuthattok – tette hozzá Nimród, mielőtt rájuk zárta az ajtót.

A helyiség valóban titkos laboratóriumra emlékeztetett. Középen hatalmas íróasztal állt, a fal mentén polcokon könyvek sorakoztak. Vezetékek, félkész szerkezetek, mechanikus rajzok mindenütt.

Néhány percig csak nézelődtek. Aztán munkához láttak.

Benéztek az asztalok és szőnyegek alá, kinyitották a szekrényeket. Minden mozdítható tárgyat kézbe vettek, megforgattak, visszatettek.

– Keressetek valami hasonló jelet – mutatott a falra Artúr.

– Itt egy számsor – szólt Milla az asztal alól.

Róza és Zsombor a fiókokat húzogatták. Az egyikben egy lakattal zárt dobozt találtak.

– Ide kellhet a számsor – mondta Róza.

A dobozban színes kémcsövek voltak. Egy szék támláján Tesla köpenye hevert. Milla azonnal átnézte. Egy kulcs lapult az egyik zsebben.

– Rakjuk egy helyre a nyomokat – javasolta Róza, és a sarokban álló asztalra mutatott.

A többiek egyetértettek. A bútor egyik felére gyűjtötték a tárgyakat. Milla sorba rendezte a kémcsöveket. Mindegyik alján egy szám állt.

Kezdett összeállni a kód.

— A sorrend hiányzik — morogta, a kémcsöveket nézegetve.

— A színek! — kiáltott fel Róza. — Nézd a képet a falon: piros, sárga, kék, zöld. Ugyanebben a sorrendben!

Artúr odalépett egy ládához. Milla sorolta a számokat a megfelelő színű kémcsövek alapján. A lakat kattanva engedett.

A dobozban egy Morze-kódos feladvány volt.

— Ezt nem ismerem — adta át Artúr a papírt.

— Nem is kell — mondta Róza. — Biztos lesz hozzá kulcs.

— Ha elakadtok, lépjetek tovább — tette hozzá Milla. — Majd visszatérünk rá.

Igazuk lett. Egy fiókból előkerült a megfejtés.

Aztán megint megakadtak.

Hosszú percek teltek el. Úgy érezték, már mindent átnézték.

— Kérjünk segítséget? — kérdezte Zsombor.

Milla a szoba közepén állt, körbefordult.

— Mi nem illik ide?

A többiek megálltak.

Aztán egyszerre esett le.

Az ablakok.

Deszkákkal voltak fedve, szabályos mintázatban. Római számok rajzolódtak ki: MDCCCLVI.

— 1856 — mondta Róza.

A kód nyitotta a következő lakatot.

— Egyébként Tesla születési éve — jegyezte meg Artúr.

A többiek ránéztek.

— Mi az? — vont vállat. — Ott volt a szobor talapzatán a parkban.

— Megjegyezted? — nyomott egy puszit büszkén Artúr arcára Milla. — Te lennél a világ legjobb nyomozója, annyira jó a megfigyelőképességed!

Artúr szerényen legyintett, de a szája sarkában megjelent egy büszke mosoly.

Közben a másik páros egy logikai feladvány fölé hajolt. Róza egy kulcsot talált, amivel át lehetett jutni a szomszédos szobába.

— Itt a bicikli, amit a képeken láttunk — lépett oda, és már fel is ült rá. — Ezzel lehet áramot termelni?

Az új szobában további rejtélyek várták őket. Minden feladat Teslához és a találmányaihoz kapcsolódott.

Lázasan kerestek, fejtettek, próbálkoztak. A világ lassan eltűnt körülöttük. Csak a feladványok maradtak.

Az idő repült.

A falon lévő órán a hatvan percből már alig maradt. A kezdeti, kényelmes nézelődést felváltotta a kapkodás, az egymás sürgetése. Izgalmukban úgy kiabáltak, mint az óvodások: aki hangosabb, annak van igaza. Egyre gyakrabban kértek segítséget a játékmestertől — és ezt egyáltalán nem bánták. A hiúságuknál erősebb volt a nyerni akarásuk.

— Kiszabadultunk! — kiáltott fel Zsombor, amikor talált egy kulcsot.

Róza azonban lehűtötte.

— „Your guide is your friend” — idézte. — Az idegenvezetőd

a barátod. Nem figyeltél?

Zsombor lelkesedése azonnal alábbhagyott.

– Igaz... – vakarta meg a fejét. – Nem a kijutás a cél, hanem hogy megtaláljuk Tesla tervdokumentációját.

– Pontosan – bólintott Róza.

Újabb percek teltek el keresgéléssel. Milla sorra félretette a már felhasznált tárgyakat. Zsombor kinyitotta az utolsó lezárt fiókot.

– Sikerült! – sikoltott fel Róza.

Előkerültek a titkos dokumentumok.

– Szívből gratulálok – várta őket Nimród a kijáratnál. – Hat perccel a vége előtt kijutottatok. Megmentettétek a találmányokat.

A sikerélmény mámorával telve indultak vissza az alagúton. Amikor kiléptek a kastélyparkba, már sötétedett. A kovácsoltvas indákkal díszített kandeláberek felkapcsolódtak, és meleg fénybe vonták az utat.

– Ezt nevezik flow-élménynek – sóhajtott Róza.

– Micsodának? – kérdezte Zsombor.

Róza elővette a telefonját, és felolvasta:

– Teljes fókusz. Minden más elhalványul. Az idő felgyorsul, vagy eltűnik. Örömteli elmélyülés. A kételyek megszűnnek. Röviden: kiszakadsz a hétköznapokból, és teljesen belemerülsz abba, amit csinálsz.

– Ezt érezted? – karolta át Zsombor.

– Jó volt kiszállni a mókuskerékből – simult hozzá Róza.

– Meg a múltból – tette hozzá halkan Milla.

Artúr és Zsombor elégedetten néztek össze. Pont ezt akarták.

— Nézzük meg a Tesla-szobrot is — javasolta Artúr.

Átsétáltak a kastély másik oldalára. Az ösvény mellett ott állt Nikola Tesla mellszobra.

— Mi van ide írva ezekkel a furcsa betűkkel? — hajolt közelebb Milla.

— Szerb volt — mondta Zsombor. — Az apja ortodox lelkész.

— És mit talált fel? — kérdezte Milla.

— Rövidebb lenne, ha azt mondanánk, mit nem — jegyezte meg Artúr. — Keress rá.

A lányok már vették is elő a telefonjukat.

— Száznegyvenhat szabadalom... — olvasta Róza. — Róla nevezték el a mágneses indukció mértékegységét. Az egyik legnagyobb hatású feltaláló, főleg az elektromosság és a gépészet terén...

— Nem semmi — mondta Milla. — Jó látni, hogy itt ennyire tisztelik.

A többiek bólintottak.

Milla elővette a drakulás füzetét.

— Ezt is feljegyzed? — nevetett Róza.

— Mindent. Nyugdíjas koromban majd ebből fogok nosztalgiázni.

— Megnézhetem?

— Persze. A washi tape-eket is?

— Ne kezdjétek... — szólt közbe Artúr.

A két lány összenézett. Ugyanaz a gondolat: ezt a férfiak

úgysem értik.

– Egy vagyont költöttem rá, és még mindig nem tudod, mi az? – kérdezte Milla.

– Pont ez a baj – nevetett Artúr. – Túl jól tudom.

– Hogy milyen szépek?

– Hogy mennyibe kerültek.

– Ez nem pazarlás, hanem mentálhigiéné – húzta fel az orrát Milla.

– És igaza van – fogta pártját Róza. – Az alkotás gyógyít. Mint ez a mai játék.

– Főleg, amikor Zsombor tíz percig egy trafót próbált megfejteni – szúrta közbe Artúr.

– Nagyon vicces – morogta Zsombor, de már mosolygott.

Nevetve indultak tovább a szökőkút felé. A lépcsősor alján Milla a táskájában kezdett kotorászni.

– Dobjunk be egy érmét – mondta. – Szeretnék még sokszor visszajönni.

Elővett egy százforintost, és hátat fordított a kútnak.

– Jobb kézzel a bal váll fölött, vagy fordítva?

– Szerintem nincs szabály – nevetett Róza. – És nem is Rómában vagyunk.

– Nem hiszek az ilyenekben – jegyezte meg Artúr.

Milla úgy nézett rá, mint egy megsértett kisgyerek.

– Én azért megpróbálom.

Elhajította az érmét.

A pénz apró csobbanással tűnt el a vízben.

– Csináljunk egy képet – jutott eszébe Rózának.

— Most? Már majdnem sötét van — mondta Zsombor.

— Akkor legközelebb.

Lesz még legközelebb — gondolta Milla.

— Szeretnénk bejelenteni valamit — mondta Zsombor, és magához húzta Rózát.

Milla szeme elkerekedett.

— Esküvő lesz?

Artúr a barátjára nézett.

— Megszerezted a nőt?

A két férfi összepacsizott. Róza tettetett sértődöttséggel ellökte Zsombort, de a fiú visszahúzta és megcsókolta. Milla és Artúr összemosolyogtak.

— Mikor? — kérdezték.

— Még nincs dátum — mondta Róza. — Talán nyáron. A helyszín még kérdés.

Milla lassan felemelte a kezét, és a kastély felé mutatott.

— Itt is tartanak esküvőket.

Elmosolyodott.

— Tudsz ennél szebb helyet?

A SZERZŐRŐL

Máté-Király Márta főként rövid krimiket – saját megfogalmazásában villámkrimiket – ír, amelyekkel több pályázaton is sikert aratott. Novellái számos antológiában és online felületen jelentek meg, időutazós meséjét pedig rangos díjjal ismerték el.

A Duna Books kiadóval való együttműködése a *Szívek határán* című antológiában megjelent novellájával kezdődött.

Első kisregénye a *Kastély-krimi kötőjellel*, amelynek folytatását tervezi.

Írásaira a gördülékeny történetvezetés és a finom humor jellemző – célja, hogy olvasóit magával ragadja, és egy időre kiszakítsa a mindennapokból.

Budapesten él férjével és lányával.

www.ingramcontent.com/pod-product-compliance
Lightning Source LLC
LaVergne TN
LVHW010655110826
845149LV00014B/3109

* 9 7 8 1 9 7 0 9 3 4 0 4 5 *